韓國原來如此地獄?!

在地香港三寶媽的生存手記

前言

我們總聽過這個形容：地獄韓國。

還是地獄朝鮮、職場地獄，Whatever，都一樣。就連韓國人也這樣認為，低出生率高齡化，貧富懸殊，階級主義，百物騰貴，女卑男尊，生活如斯，雖生猶死。

韓國卻又是個圍城，城內的人極力想逃走，城外的人想盡辦法要入城。難道是我不入地獄誰入地獄？

八十後香港人生於安樂長於憂患，要比較貧富懸殊比較出生率低比物價高比地少人多，世上哪個地方比我們的成長之地更具代表性？只要我們踏出去看看世界，什麼地獄之說，都是譁眾取寵罷。

我們日常最常聽到的說話之一，必定有「好難㗎、唔好試呀、你搞唔掂㗎。」道聽途說是浪費人生，不如自己親身感受。每個人的喜好和承受能力都不同，別人嗤之以鼻的地獄，可能是你生命中的綠洲，可能是能讓你逆襲人生的天堂。

我視這本書為前半生的總結，一個典型屋邨妹，沒積蓄沒事業沒愛情沒人脈又沒語言天賦，十年間在這個只有圈圈點點文字的異地，學習、工作、組織家庭、融入社會的故事。韓國雖然沒有令我的人生逆襲，但也慶幸當初自己訂下的所有目標，都已經做到了。

致還躊躇於人生路上的各位。

阿妙

目錄

前言　　　　　　　　　　　　　　　　　　　　2

第一章：決定出發的瞬間

1 踏出舒適圈？　　　　　　　　　　　　　10

2 為什麼是韓國？令人又愛又討厭的國家　　　15

3 旅居韓國第一步：簽證　　　　　　　　　19

4 旅居韓國第二步：生活費　　　　　　　　22

5 工作假期結束，我沒有簽證了！　　　　　28

第二章：韓式戀愛與婚姻

1 找個韓國結婚對象？　　　　　　　　　　34

2 沒有韓劇濾鏡的現實愛情　　　　　　　　39

3 韓男特徵避雷　　　　　　　　　　　　　45

4 韓國結婚超簡單？　　　　　　　　　　　48

5 婚後一定要做金智英？　　　　　　　　　51

6 韓國祭祀是場惡夢？　　　　　　　　　　55

7 港韓聯姻的都市傳聞　　　　　　　　　　61

第三章：韓式家庭生活

1 韓國生育有錢收嗎？　　　　　　　　　68

2 懷孕生產：全程韓文好不安？　　　　　72

3 韓式坐月　　　　　　　　　　　　　　78

4 幼兒園 / 幼稚園初體驗　　　　　　　　83

5 小學分類大不同　　　　　　　　　　　87

6 瘋狂的補習文化　　　　　　　　　　　92

7 平有平養：補習的替代方式　　　　　　95

第四章：韓國住屋百科

1 首爾住哪區好？　　　　　　　　　　　102

2 韓國有公屋嗎？　　　　　　　　　　　108

3 韓國住屋入門版：考試院 /Oneroom/Officetel　111

4 韓國住屋進階版：Villa/Apt/Townhouse　114

5 如何在韓國找房子？　　　　　　　　　119

6 韓國獨有的全租房　　　　　　　　　　122

7 韓國買房記　　　　　　　　　　　　　125

8 韓國的獨特搬屋方法　　　　　　　　　129

第五章：日常生活大作戰

1 生病了該怎麼辦？ 134

2 認證年代 139

3 當現金成為非必需品 140

4 在韓必備生活APP 142

5 網購和外賣 145

6 怎樣買生活用品最便宜？ 148

7 韓國考車超容易？ 151

8 為何韓國那麼多醫美？ 154

9 難以習慣的生活小事 157

10 韓國創業故事 160

第六章：融入社會二三事

1 韓國不適合移民？ 168

2 學好韓文是必需的嗎？ 172

3 要參加大學語學堂嗎？ 177

4 極速了解韓國的電視節目 180

5 韓國職場：香港人有優勢？ 184

6 入籍 vs 永住權 188

7 入籍面試要唱國歌？ 191

第七章：韓國玩什麼？

1 還去明洞東大門？發掘新景點吧！　　　　198

2 三寶家庭的周末好去處　　　　204

3 韓國飲食歧視？！　　　　208

4 我最喜愛之韓國食物　　　　210

5 韓國飲食小知識　　　　221

韓國冷知識　　　　226

結語　　　　228

Charpter 1

第一章

決定出發的瞬間

1. 踏出舒適圈？

「你有出國讀書的命」

2012年我參加韓國工作假期，此後便一直沒有回香港。

當年還沒有移民潮，歌舞昇平，很多人問我為什麼要走，香港不好嗎？我倒沒有想太多，因為不行的話可以選擇回來的嘛，香港跟韓國只是三個半小時機程，屯門人每天往返柴灣上班，時間都差不多啦。

我自出生起便住在公屋，居住空間狹小，從小便體驗香港地少人多，又壓迫又沒私人空間，小時候常常幻想自己到外國定居，但第一個想的不是韓國，而是另一個香港人的共同故鄉——日本。九十年代我跟大多中學生一樣都「哈日」，喜歡看日本漫畫聽日文歌學日文，所以當我幻想自己可以在一個廣闊的國度重拾對生活的熱誠，自然就會想起日本。

記得中五有次見到街邊有算命師，便付了20港元看掌相，他說：「你有出國的命，應該日後會移民到別的國家。」我心想，都不準的，哈哈。

「你家應該有點錢吧，就快會送你出國讀書㗎喇。」出國讀書我都想呀，但我屋邨妹咋喂！

最後一笑置之，然而，這卻是第一次令我思考，我真的有機會出去嗎？我可以嗎？

沒有什麼可以失去

生活如果足夠安逸，人們絕不會想走出舒適圈。但對我來

說，舒適圈不存在。我一無所有，所以豁出去是相對較容易的。二十九歲那年，大學同學們已經在討論花20萬讀個碩士、結婚和買樓，我仍是孤家寡人月月清。自大學畢業後我便搬出來住，開支大，連辦韓國簽證存款證明的幾萬港元，我也儲了半年。

成長在香港最輝煌的年代，安逸富裕好像是理所當然的，人人都很會賺錢，常常爭第一，世界好像圍著我們轉，在這種良好的感覺下，沒有太多人想要移民。香港也的確百般好，方便的交通，林立的食肆，國際化的購物，熾熱的股市樓市，世界上有哪個城市可以比得上？

在最意氣風發的年代，也有像我這種沒有受到上天眷顧的一群人——基層公屋出身，勉強大學畢業，又賺不到大錢。當時選擇往外走的，要麼錢賺夠了想出去享受生活，要麼是我這種，沒有錢沒事業也不受重視的小透明，既然人生沒有什麼可以失去，不如把心一橫，去過自己想過的日子吧！

無用的東西

我是獨生女，有一對開明的父母，我覺得他們跟我的教育理念很相似，供書教學教我做人道理，一樣也沒有做少，但對於我想做什麼，想成為怎樣的人，他們很少過問，即使不贊成也不會阻止，提供了極大的自由度，所以我向來都是隨心而行。

因為喜歡看書，尤其是奇奇怪怪的，哲學歷史宗教瀛環搜奇神秘主義等等的書，於是讀大學選了個舉世公認「冇用」的主修——宗教和哲學。以前覺得讀大學為的不是學習，而是玩

樂！第一志願選個怪科，是個很好的機會讓我可以繼續玩三年（當時大學仍是三年制）。不過入到去才發現，要讀得好非常困難，因為宗教和哲學是人文科，沒有固定答案，著重獨立思考和邏輯，所以我最後還是靠著看書的興趣才挺過來，有些同學嘗試轉系、退學，也有人讀了四年大學還是未能畢業。不過現在回想起來，就是這三年大學的「無用之用」，我學會了一點思考的方法，清晰的目標才是人生的關鍵，並非念什麼學系。

畢業後我繼續隨心而行，當上一名飲食記者，沒有沉重的社會責任，也不需要理想和熱誠，志在工作中吃喝玩樂，超爽！飲食記者的工作的確很好玩，每天就是去去免費飯局和發佈會，只要捱得住日夜顛倒，會寫文章打字又夠快，又能承受到每天寫一個報紙full page或每星期二十幾版雜誌內頁的死線壓力，其實也不失是份開心的工作，因為不用日日坐在辦公室，每天回公司打個卡就可以到處跑，是年輕人都夢寐以求的啊！不過在香港做乂字工作者，簡直卑微到塵埃裡，相比起外國，薪金被嚴重低估，甚至比中五畢業的文員還要低，而且也普遍不被尊重，常被當成是「寫

做了多年飲食記者，經常出席飯局。

Chapter 1

鱔稿」。來到韓國後，有時我跟韓國人提起自己在香港當過飲食記者，對方都會對我另眼相看，在香港卻從來都沒有這種體驗。不過這段時間的工作鍛鍊，也造就了我第二項適合移民的性格——喜歡挑戰，並習慣靠自己獨力完成所有目標。

突然成為剩女

雖然已具備了出走的特質，但還欠缺一個爆發點，才能一觸即發。

2011年，韓國工作假期簽證正式登場！當時看到這消息，我真的很心動，而且我快到申請資格的年齡上限，然而當刻的最大阻礙，是我在香港有一位交往七年且準備結婚的男朋友，幸好當時沒有結得成婚，那真是改變了我的一生。

有幾多人的一生中會面對過被悔婚呢，而且還在三十歲的前夕！說起來我的故事也相當典型，從大學開始的戀情，拍拖拍太久了，火花都沒有了還互相嫌棄，但抱著「人結我又結」的想法，便計劃結婚，然而就在我們結婚前的兩個月，男方找到個更好的選擇，於是想跟我提分手。怎知道他硬要選在12月31日除夕這個普天同慶的日子，大清早便說不能結婚了，然後執拾行李離開了我們同居的家，他坐的士離開時，我還幫他提行李下樓，在打開的士車門的瞬間，他臉上露出那如釋重負的欣喜，深深烙印在我腦海。

幸好我也不是省油的燈，我在《爽報》（一份已消失的免費報紙）得到了一個寫專欄的機會，於是便開展對他的「唱衰」模

式，這也是有些讀者會認識我的原因（笑）。其實後來回想，緣起緣滅，又有什麼對錯呢，時間就是這麼奇妙的東西，原以為會記一輩子的恨，悄然就消失不見了，甚至還有點感恩。因為這位生命的過客，使我不得不重新面對女人的三十大限，明白再沒有時間讓我浪擲青春，只好抹掉眼淚，立即申請我的韓國工作假期，離開傷心地展開新生活，是給自己的最大支持。

記者薪金偏低，可以讓我「話走就走」，來韓國前，最後一天晚上在公司留影，電腦壁紙是韓國偶像呢。

2. 為什麼是韓國？令人又愛又討厭的國家

決定要去工作假期的當下，我已經在想，如果可以的話，那就不再回香港了。雖然明白實行時必定障礙重重，加上我沒錢沒人脈也沒韓文學歷，這條路絕不好走。

但為什麼非韓國不可呢？這個國家，有點像生蠔、芫茜或榴槤（笑）……不喜歡的人對之極討厭，丁點也碰不得，但喜歡的人又會瘋狂地愛上，不能自拔，沒有中間點。在K-POP和K-DRAMA還不像現在流行的時代，我的朋友當中不少也是前者，認為韓國沒有文化、東西不好吃、大男人主義、自以為是的民族主義，有什麼好定居的？

韓國初體驗

我第一次接觸韓國，是在初中的時候跟學校去摩星嶺營地宿營，在那裡看到一本韓國人留下的小筆記本，密密麻麻且奇形怪狀的韓文字十分有趣，吸引了我的注意，第一次產生了想學韓文的念頭。但在二十年前，家中連電腦也沒有，更加沒有YouTube，學習非主流語言是非常困難的，市面上甚至沒有韓文教材和韓文課程，只記得有線電視台間中會播放金喜善的電視劇。我當時到公共圖書館找到一兩本韓文教學書，但不像現在的圖文並茂，全書只有新細明體，有點像在閱讀民國時代的線裝書，枯燥乏味，所以很快就放棄了。然後就迎來了人生中第一次韓國旅行，為了慶祝我完成會考，媽媽便准許我跟著同學一家人去旅行，而他們的目的地正是韓國。同學的父親是做領隊的，跟他的團去到韓國，沒什麼特別，走馬看花，只記得很多H.O.T.（韓國第一代偶像團體）的東西。

出社會工作幾年後，已經是韓國二代團的天下了，並在香港帶起了韓流。與其說是喜歡韓國文化，不如說是喜歡偶像，我當時對韓國文化完全不認識同時沒什麼興趣，只是愛我的2PM罷了。2PM和玉澤演的維基百科繁體中文版第一稿，就是我寫的，沒講笑！他們剛出道沒有太多香港人留意的時候我已經很喜歡他們，日看夜看各大綜藝節目，並開始重新學韓文──為了不用等字幕版也能隨時看得懂他們的所有節目！我原以為這個目標是很難實現的，但十年後的今天我做到了，可是又已經對看韓劇和綜藝興趣缺缺，世事就是這樣奇妙。

工作假期活動，在JYP大樓門口的冬甩店，等待我喜歡的2PM成員路過。

只因喜歡偶像？

後來我發現，很多喜歡K-POP和韓劇、甚至追星的人，他們並不喜歡韓國。經常看IG和Threads會發現，年輕人對韓國都「有彈無讚」，「如果不是追星一定不會想待在韓國」云云……韓國有這樣討厭嗎？也是的，一出機場開始，給人的體驗可能

Chapter 1

比不上日本和台灣——韓國人急躁所以橫衝直撞；因為強烈民族主義所以被人覺得排外、自以為是；整容醫院都在江南所以遊客去江南走一圈看到很多「膠面女」，便覺得韓國人都在整容……每件事都總差一點，不甚討喜。不過當時身為小粉絲的我，有什麼比得上可以跟自己喜歡的偶像，呼吸同一空氣更令人興奮呢？單憑這點也足夠讓我過一年（工作假期只有一年）的快樂小日子吧。

在韓國待了一年半載後，我最喜歡的反而不是偶像明星，而是韓國的空間感，和有選擇的自由。

空間感，是我不用屈在一個小房間過生活，而是可以用一個合理的價錢，找到更大的居住地方；空間感，是不論在咖啡店或食肆，都不用跟鄰桌肩摩轂擊，不用怕被催著走，可以無壓力地待一個下午。

選擇的自由，不是指選擇吃什麼午餐或去什麼地方玩，而是選擇過怎麼樣的人生。很多在香港來說是天方夜談的生活方式，在韓國卻有人正在實踐著。有年輕人選擇回農村種菜養牛；有人在海邊開民宿；當作家、藝術家也能糊口；有人做自己的陶瓷餐具，全人手製作一套賣幾千港元，卻賣到可以開間小店，過自己喜歡的生活。曾見過一位住在小單位的無業媽媽，經營自己的IG帶貨，後來搬到獨立屋，一個個正在實踐夢想的人努力活著。換轉在香港的話，也不是不可以的，但香港人少市場小，接受能力低，租金和生活費都那麼高昂，有多少人能堅持下來？最後大多也會回歸營營役役。人應該擁有選擇過哪種生

活的權利，而不是被環境規限了自己的可能性。

喜歡韓國文化，是到了韓國後才培養的事。圖為重建後的南大門。

不去了解這個國家經歷過什麼，處處抱著旅遊的心態，事情只看表面，那麼韓國必然有諸多被挑剔的地方。但將自己視作一個定居者，用心了解這個國家，感覺就會截然不同了。就像在香港一樣，茶餐廳侍應態度不好為何還要天天去光顧？因為你知道香港人生活容不易呀。在了解過後還是覺得厭惡，那就要趁早離場別浪費時間。不要將別人的缺點天天掛在嘴邊，成為自己生命中揮之不去的刺，自己才是掌握人生的主角。

3.旅居韓國第一步：簽證

入門：工作假期 H-1 簽證

韓國的永久居留權，叫「永住權」，即 F-5 簽證，每十年續證一次。

韓國有幾個種類的投資移民，如果本身有一點資金的話，幾百萬港元便可做到公益移民的 F-5 永住簽證，比投資、開店、買樓等投資移民更簡單，只需將錢放到韓國的指定銀行做定期，就可以跟家人在當地定居生活。另外，可以在指定的外國人投資地區買樓，例如仁川松島，也可以申請永住。經濟移民韓國的方法有很多，有興趣的話不妨上網找找看，我沒有申請過便不班門弄斧了。

沒太多儲蓄的年輕人，首選必定是工作假期簽證（H-1），其實這也是一個小測試，用一年（或更短）的時間，讓你體驗這個國家適不適合自己。就像情侶同居，磨合不到便輕鬆分手，沒什麼代價的。韓國工作假期申請人需為三十歲或以下，銀行存款 3,000 美元或以上，申請時須附上一年的假期計劃書，很容易就獲批了，最多可以在韓國工作六個月，另外六個月則是用來玩樂的。

韓國的工作假期簽證 H-1，正式打開我人生另一扇門。

進階：學生簽、工作簽、結婚簽

　　第二步，如果覺得韓國很適合自己，就要看看有什麼方法能延長自己的簽證了。工作假期簽證一般不能延簽，只能轉換其他簽證，最簡單的是學生簽證，申請大學的語學堂（D-4），或是大學學士/碩士/博士課程（D-2），如果本身已經是高中或大學畢業，那從語學堂讀起再申請大學課程是比較容易的，

這樣就可以將你留在韓國的時間延長三五年。但這個方法需要資金充足才可行，語學堂一期（三個月）的學費就差不多200萬韓元（14,000港元），而學生簽證有打工時數的限制，在韓國這個消費不低的國家，未必能做到半工讀完成學業。

韓國最高學府——首爾大學正門，如果可以，我也想念他們的語學堂。

　　所以，工作簽證也是很多人的唯一選擇，最常見的韓國工作簽證有E-7和E-9。E-9是勞工簽證，可以理解成韓國輸入的外地勞工，大多是香港人不會做的地盤或工場之類的工作，而且也有國家限制，香港並不在列上，所以我們可以申請的是E-7。不同工種的E-7所需的條件不同，大約就是看你的學歷和經驗——需要有跟該工作相關的大學或以上學歷，沒有的話就需要三年以上與行業相關的經驗，二擇其一。另外，並不是每

Chapter 1

間公司都有資格申請工作簽證，員工需要達一定人數且證明該職位是需要聘請外國人的。

其實以我的情況，很大機會是辦不到工作簽證的。因為我大學本科是宗教和哲學，非教徒的我要麼找一份關於宗教或哲學但又不是傳教（傳教士有另外的簽證）的工作，要麼就是找一份記者工作，但我韓文的程度不高要如何做韓國記者呢？如果是駐韓國的外語記者，那麼請個freelance即可，又不太需要為freelance做個簽證……所以，我不得不向現實低頭，除了結婚移民簽證（F-6）外，我似乎找不到其他能留下來的機會了。

最後一個方法F-6結婚移民簽證，一旦擁有了就可以長續，即使是離婚或伴侶過世，在達到一定條件下亦可續期，而且擁有F-6簽證後兩年，可申請永住權或入籍韓國，是最快成為韓國人的途徑。

總結，關於簽證的進程如下：

方法一：H-1（工作假期簽證）→ E-7（工作簽證）→ F-2（居住簽證，計分制）→ F-5（永住權）或歸化入籍（需考試）

方法二：D-2及D-4（學生簽證）→ E-7（工作簽證）→ F-2（居住簽證，計分制）→ F-5（永住權）或歸化入籍（需考試）

方法三：F-6（結婚移民簽證）→ F-5（永住權）或歸化入籍（需考試）

4. 旅居韓國第二步：生活費

2012年，我趕上了三十歲「大限」的工作假期尾班車，出國一年消磨僅餘的青春熱情。當時申請了韓國工作假期簽證H-1，在韓國以旅遊觀光為目的逗留最多一年，當中可以連續工作六個月以賺取生活費。雖然這簽證每年有人數限額，但通常都不會滿額，只需在出發日三個月至半年前到韓國駐港領事館申請即可。主要的申請條件如下：

1. 申請當日未滿31歲

2. 可提交一年工作假期計劃書

3. 銀行戶口在近半年內有3,000美元儲蓄

4. 可提交來回機票證明

基本生活費如何預算

很多人關心的問題是，應該帶多少錢來韓國工作假期？我當年真的只帶了3,000美元，約2萬幾港元，租完屋報完韓文班，所餘無幾，就是需要有這種破釜沉舟的決心，才能引爆個人潛力，在不懂韓文的時期就找到工作。

不過，我準備的2萬幾港元是在十幾年前的韓國生活，現在通貨膨脹肯定是不夠用的，最少也要有三個月的生活費和租金：

租金：4,000港元／月 X 三個月 =12,000港元

餐費：150港元／日 X 90日 =13,500港元

車費：20港元／日 X 90日 =1,800港元

Chapter 1

日用品雜費：1,000港元/月 X 三個月 =3,000港元

備用費（如看醫生）：500港元/月 X 三個月 =1,500港元

=共31,800港元

如果不購物不消遣，三個
月也最少要3萬多港元，這還沒
有將住屋的保證金計算在內，想
住舒適點一般也需要500萬韓元
（35,000港元）以上的保證金，
保證金會在退租時返還。所以，
現在來工作假期的話最少6-7萬
港元才足夠在韓國生存。

剛來韓國為了省錢，辣味吞拿魚拌
白飯是很平常的晚餐。

　　錢當然準備愈多愈好，最理想是你的預算足夠一年不用工
作也能在韓國生活，那就失業也不用發愁了。

韓國劏房

　　在韓國的首半年，我住在「考試院（고시원）」——類似
香港的劏房，不過精緻點的。房間內只放置到一張兩呎半床，
書桌連書櫃，六呎乘六呎左右的空間，再加一個小窗，需要與
其他人共用廁所和廚房，比監倉還要小。也有些考試院面積略
為大點，房內包含浴室，不過也好不到哪裡，為了節省空間，
浴室只是用磨砂玻璃相隔，甚有motel感覺。加上考試院不會
時常有人打掃管理，廁所會有蚊子和淡淡的坑渠氣味；空調都
是中央供應的，所以冬冷夏熱也是常態。

第一個落腳點在忠武路的考試院，這間是比較大的房間，可惜只住了幾天就換房了，因為太貴。

　　為什麼去到國外也要住劏房？不外乎夠便宜，考試院是唯一不用簽約不用保證金的長期住宿，只要有空房便可以即時入住，住得不滿意也可以隨時搬走，加上一個月租金只需30至60萬韓元（2,100至4,200港元）不等，「抵到爛」！十年前香港的劏房也要五六千吧，而且考試院通常會供應免費的即食麵、白飯和泡菜，有些還會有蛋，水電煤上網費全包。換言之，交了一個月租金，既有瓦遮頭，還有網上，也不會餓死（笑），的確是剛到埗韓國的最佳選擇。

　　但要租到好的考試院並不容易，我趁行李仍不多時，便搬了三間考試院。第一間其實不錯的，就在忠武路地鐵站出口旁邊，走路去明洞只需十分鐘，但就貴了點；於是搬去第二間在

Chapter 1

新村的，又覺得太殘舊，然後找到一間在弘大的。最後，我離開了考試院，原因是房間小壓迫感太大，令我每天在cafe流連到夜晚才回去睡覺。我不是為了體驗韓國的生活及文化才來的嗎？為什麼就這樣成為了「麥難民」一般的存在呢？須知道考試院也是韓國人心目中極不推薦的住宿，正常的韓國人也未住過，為何要令自己如此不堪？有一天我睡覺時因為床太窄（目測應該不夠100cm寬）而掉下床，成為了讓我下定決心要找地方搬出去的導火線。

合租房生活

剛到韓國時我的韓文還是不太靈光，也沒有人幫助，所以很難找房子，只好在當時的Craigslist（一個英文分類廣告平台）上找，最後搬到弘大的合租房，是在弘大的舊式四層高單幢平房，沒有電梯，沒有裝修過所以帶著濃厚的九十年代風格，租金也相對便宜，大約是保證金50萬韓元（3,500港元）、租金每月45萬韓元（3,000港元）。單位內有三間房，我租了最大的一間，其餘兩間是法國女生和韓國女生，我們共用小小的廚房、飯廳和浴室。這裡的感覺好太多了，我在房間內放了一張super single的床，加上正常尺寸的書櫃、衣櫃、書桌之後，還有充足空間放張小飯桌，打邊爐和烤肉也不成問題！而且每天也可以跟我的法國室友聊聊天，真有種自己是交換生的感覺，所以之後有一段長時間我也是住在這個合租房。

在韓國的第一份工作

頭半年的「考試院」時期，我都是接香港的freelance工作。

自問韓文只是初級，便一口氣報了半年的韓文班，不是大學語學堂，只是坊間的小學院，所以較便宜，一個月才一千多港元，星期一至五每天上課兩小時，就這樣過了半年，大概到了韓語三級的程度，可以應付到日常生活對話，也猜得到電視新聞在說什麼。搬到合租房後除了租金外也要分擔水電煤，開支變大了我也需要出去找工作了。

跟合租房的情況相近，我在Craigslist上找到一份網頁翻譯的工作，在九老數碼園地上班，是間一人公司（只有老闆一個人），正在創立一個以外國人為主要使用對象的網頁，他想找個人幫忙將網頁的文字翻譯成中英文之餘，也負責一切大小工作——其實就是個打雜，不過是懂得中、英、韓文的打雜而已。

工作假期時可以找到在辦公室的工作，極之幸運。

Chapter 1

在面試時他已經決定要聘用我了，原因是他很喜歡香港，小時候都是看香港電影長大的，也覺得香港人的英文都很厲害，加上薪水真的太～～低～～～！只有當時的最低工資，一小時5,000韓元（35港元），而且以兼職形式現金出糧的話更不用供款四大保險，星期六日放假的日子和午餐時間也不用計算薪金，所以五天工作朝九晚五，中間一小時午餐，每個月工作22日，一個月薪水只有90萬韓元（6,300港元）左右。十年前的韓國，正常一個上班族的工資也有200至250萬韓元（14,000至17,000港元），像我這樣會三文四語大學畢業的廉價勞工，可以去哪裡找？應該只有我會上當吧！

不過我也是醉翁之意不在酒，如果是為了賺錢的話就不會來韓國工作假期了，去澳洲摘生果便可以賺到第一桶金吧！我的韓文不夠好，一般只能找那些香港旅行團來買紫菜、人蔘、護肝產品等需跑數的銷售工作，要麼到民宿執房。這份打雜工作雖然人工低，但我卻可以舒舒服服坐office準時收工，錢夠交租就算了，何必辛苦自己？雖然是一人公司，工作的環境卻是個Shared office，我們跟一間做網頁的IT公司一起工作（也是間只有五六個人的小公司），吃飯和日常接觸的都是韓國人，也跟他們一起會食、員工活動，我也算是輕輕鬆鬆地體驗了半年的韓國辦公室生活。

無證生活

一年的工作假期生活匆匆就過去，我要回香港了，但我的心還留在韓國。沒有退租，也沒有收拾東西，只是拿了個小包，就坐上回香港的飛機，看看家人朋友，幾星期後又回到韓國了。我稱之為「過冷河」，也有人叫「走鬼」，就是出境再入境，然後又可以享有九十日的旅遊簽證，換言之，我需要每九十日出境一次，但沒有限制目的地，只要離開韓國就可以。

我覺得自己從小到大都屬於心想事成的那類人，未至於會大富大貴，但只要是我想做的事，大多都能完成。後來我才知道，有種東西叫「吸引力法則」，你是什麼樣的人就會有什麼樣的社交圈子，你抱持怎樣的想法和做事方式，都會直接影響你過著怎樣的生活。當時的我，一心想留在韓國，不知為何，我總預感到自己未來有一段很長的日子都會住在這個國家，並漸漸去實踐這個想法。

吸引力法則也為我「吸」了一班志同道合的朋友，這群為數十個八個的朋友都是在出發往工作假期前便已在香港認識，我們的背景各有不同，但也一致想移民韓國，直到現在，我們有一半以上的成員仍在韓國生活，比率高得可怕（笑）。

很多人希望在工作假期完結前找一份可以申請工作簽證的工作，繼而留在韓國，這是最正常的做法。但之前提到，不是每個人都具備申請工作簽證的資格，而且為你申請工作簽證的公司也需要具備一定條件，公司規模不能太小，但如果沒有找到工作便沒有簽證了，那該怎麼辦呢？

Chapter 1

非法勞工

幸好我是個文字工作者，還能找到丁點寫稿的 freelance，在家工作，香港出糧。另外，我閒時又會幫人帶帶一天導賞團、民宿收拾房間等，有的沒的，每個月也可以湊夠租金。

不過在韓國以任何形式進行收取金錢報酬的工作，如果沒有合法簽證的話，其實都是非法勞工。韓國政府較重點抓中國和東南亞的黑工，聽過海關會包圍著大廈出入口逐間公司巡查，並以銷售業、地盤和工廠為主要巡查對象。如果被抓到，會立即陪你收拾行李出境，護照被蓋章後的幾年內都不能入境韓國。

雖則當年我初生之犢不畏虎，但也小心揀選工作，專門挑些不易被發現的，也不需要長時間在同一地點逗留的工作，幸運地度過了一段日子。不過現在回想起來，其實絕不鼓勵這方式，還是認認真真想方法辦個簽證，因為在沒簽證的情況下生活，總是叫人提心吊膽的。

由於我是使用九十天旅遊落地簽證，為了方便，「過冷河」時我經常到青島和日本這些飛機一小時航程便能到達的地方，獨自兒玩上兩三天，但每次返回韓國時都很害怕，海關會不會覺得我在韓國逗留太久呢？會不會被叫入小黑房問話呢？這種飄泊無根的感覺，時間久了壓力便很大。我想在這個國家落地生根，如果被抓到任何的錯處，留下污點，那麼以後我可能就入籍無望了。幸好，運氣還是眷顧了我，在那兩年間，我如願地旅居韓國，真是人生最煎熬的兩年啊。

工作假期簽證結束，需要三個月出境一次，我通常會去青島，青島都被我走遍了！

十幾年前韓國還沒有海底撈，還未流行中式火鍋，每次去青島都必將任食火鍋吃個夠才回韓。

Chapter 1

Charpter 2

第二章

韓式戀愛與婚姻

1. 找個韓國結婚對象？

　　我小時候到中學都有點胖胖的，毫不起眼，從小到大都未享受過被男生追求的感覺（笑）。好不容易到大學，認識了那個後來悔婚的前男朋友，也是我倒追的。百思不得其解，是我外表有問題嗎？還是異性緣差？於是我在分手後，立即從70kg減重減到50多kg，再在香港瘋狂參加speed dating，遇到各式各樣的人，他們（甚至是speed dating公司負責人）也告訴我，無論是外表還是工作，我都給人一種很強勢的感覺，不是香港男生喜歡的類型，最終也不出意外地空手而回。

機會要靠自己爭取

　　後來到韓國生活後，我也想找個男朋友，這是必需的吧！（笑）但事實上找伴侶和結婚，應該是很多人的人生清單內其中兩項而已，我也不例外，既然訂下了目標，那就努力去實踐吧。

　　我身邊的朋友，通常在學校、職場、教會、海外工作或海外工作假期（澳洲最多）中結識到韓國另一半，這些場合結識的情侶能步入婚姻的機會率更高，但未必人人都能擁有這些機會，就如我一樣。我選擇主動出擊，脫單的機會不能等天跌下來！原本以為這條路會很艱辛，但想不到韓國的氣氛卻截然不同。比起香港，韓國是個容易被搭訕和搭訕別人的國家。當香港仍然對speed dating抱持尷尬和避諱的態度時，韓國結識異性的活動，已經很多樣化。

在韓國找對象的方式

　　相親，在韓文上稱為소개팅，意思是소개（紹介＝介紹）＋미팅（meeting）。就像日本傳統的一對一相親，通過婚姻介紹

所，或父母親戚朋友介紹，二人約出來吃個飯交個朋友，就跟電視劇的情節差不多，不過有點過時和拘謹。

有些則是輕鬆點的，最簡單，找兩至三位女性朋友去大學區吃個烤肉，如果隔壁枱剛好來了兩三個男性，便有可能過來搭訕，然後一起轉場飲酒也好吃炸雞又好唱Ｋ也好，這是個很普通的搭訕和識朋友的方式。

年輕時跟朋友在烤肉店炸雞店吃飯，也會認識到旁邊的男生。

甚至有些hunting餐廳/酒館是專門用來找對象的，入場規則必須是全男或全女班，可以選擇跟哪一桌聯誼，互相合心意就一起坐了，這對年輕人來說是很好玩。但在保守的香港，搭訕應該只會在夜場酒吧中出現吧。

同好會

現在流行用手機APP交友，但如果不喜歡一對一交友APP，

覺得目的太明顯的話，那麼可以找些語言交流活動來結識韓國人，大學區cafe或是網上群組定期都會有些語言交流，想學中文英文的韓國人，跟會講中文英文的外國人聯誼，以提高語言學習成效。另外，韓國人也會在동호회（同好會）中找對象，以前大多在Naver的Cafe（類似留言板的社群）中找，到現在則

同好會跟教會一樣，造就不少姻緣。

有專門找同好會的APP，各式各樣的同好會主題也有，如電影、音樂、單車、語言、咖啡、行山、camping等，不時舉辦聚會，如果從中找到擁有相同興趣的對象，也是一舉兩得。

不要問旅行團

不過當中也有些另類的同好會，我曾在新聞節目中聽過有已婚人士的kakao talk同好會，活動就⋯⋯請大家自行想像。而早幾年，在五六十歲的長輩們間就流行一些名為「묻지마여행（不要問旅行團）」，是價錢十分便宜的一天團，通常都是單人報名，一輛旅遊車上都是互不相識的中老年男女，去一些不知在哪裡的景點。其實根本沒有人在意景點是什麼，所以稱為「不

要問」，在車上唱K，下車後就在吃團餐的地方飲飲酒，在酒酣耳熱下會發生什麼事也是自行想像（笑），反正跟韓國人說「不要問旅行團」，大部分人都能了解當中是什麼意思。

婚姻介紹所

說回一些較為正路的方法，其實我曾去過韓國的婚姻介紹所！現在回想，當時的自己是有多絕望，才會想到這方法。

韓國有些婚姻介紹公司會寫明自己是「국제결혼（國際結婚）」，即介紹越南、柬埔寨等東南亞女生跟韓國男人結婚，女生大多二十出頭。早年很受農村以及剩男歡迎，只要付錢便可以結婚，因而產生了很多家庭問題。由於娶東南亞新娘以農村戶居多，教育程度較低，女人自然不會好過，更何況是外國新娘？有新娘被收走護照，不能外出也不准學韓文融入社會，只能照顧小朋友或做農事，生活得很苦，這也是韓國政府要成立多文化家庭支援中心的起因。後來，當遇到家庭糾紛，這些移民女性便可立即致電多文化家庭支援中心熱線，若因被打而要分居的話政府會幫忙安排住所。此後，東南亞新娘漸漸成為了一個獨特的社群，不再這麼容易被欺負。

當時，我在網上找了間婚姻介紹所致電諮詢，由於才剛來到韓國不久，不太了解「國際結婚」的涵意，心想「國際」不就是介紹外國女性給韓國男性認識嗎？當然，也有些真正的多元國籍的婚姻仲介，只是我找到的那間，剛好只是普通的東南亞新娘國際婚介罷了。我跟負責人一輪寒暄後，她說我可以先填表，女性不收費，然後會將我的資料儲存到她們的數據庫中，

有合適的男性就通知我。

仲介：「所以你是什麼國籍的？來了韓國多久？」

我：「我來自香港，在韓國一年左右。」，工作假期的。

仲介：「啊，香港？我們沒有做過香港人。那你的學歷是什麼程度?」

　　然後我告訴她大約情況，就像去見工一樣。

仲介：「唔⋯⋯你不用相親吧，應該很多選擇呀。」

我：「我就是找不到，怎麼辦？」

仲介：「你的條件有點高，我們的男生可能沒有你喜歡的。」什麼？才這樣就叫高？

我：「沒關係，就介紹給我看看吧。我的要求不高。」我的底線很低，就是長得比我高。

仲介：「唔⋯⋯好吧，如有適合的我再聯絡你。」

　　過後，她沒有再聯絡過我，甚至連我的照片也沒有索取，大概是覺得我在搞笑吧。（笑）

　　有趣的是，求而不得，不求緣分反而就到，世事往往意想不到。

2. 沒有韓劇濾鏡的現實愛情

　　韓國人喜歡相親和聯誼會活動，上一篇提過的方法，除了不要問旅行團和已婚人士同好會外，我幾乎全都嘗試過。

　　無論是朋友介紹，或是語言交流的，或是手機APP烤肉活動中認識的對象，第一步就是約飲咖啡或吃飯。不過，作為無業遊民的我（他們認為freelancer不算是工作），韓文也只是勉強程度，加上年紀又已是奔三的外國女子，打扮和樣貌又不出眾（可能這才是主因ㄒㄒ），選擇便少得可憐，遇到奇形怪狀的韓男比例相當高。也難怪，如果是三十幾歲五官端正有穩定職業無不良嗜好的韓男，且未婚的已是很難得，為何要跟外國人相親呢？雖知道韓國人是個排外性強且有英語恐懼的民族啊。思前想後，只能歸納出以下三個種類：

(1) 他們在外國讀書長大或工作，又或是喜歡外國文化嚮往移民，不抗拒結識外國女朋友；

(2) 他們的條件低於平均線，經濟、外表或性格有缺陷，難以找到本地人對象，所以傾向找外國人。

(3) 他們覺得外國女人都是很開放的，只想玩玩。

極品的相親對象

　　在我的相親對象中，第二類人的比例很多。但主要不是外表問題，先說幾個令人印象深刻的例子：

　　一號：外表跟陳奐仁有90%相似但膚色較黝黑，在大集團工作，人工高福利好，也挺善良的，但吃過兩次飯後他就突然失蹤了，一個月後他再次出現邀約我時，我問他為什麼已讀不

回，他說因為媽媽很擔心他交外國女朋友，所以考慮了一個月。即out！

二號：三十代男自己開店做生意，很喜歡喝酒，是獨自吃午餐都要喝一整支燒酒的那種人。第一次吃飯時就說下次要帶我見父母，但奈何他媽媽不想見我，因為：「她聽說中國女人很喜歡離婚。」無語，又是媽寶！

三號：英文非常流利，在光化門附近上班的會社員，恃著自己英文好，言談自負。有次相約飲咖啡時我找不到路，遲了五分鐘，他用手指篤了幾下自己的手錶，潛台詞是：「小姐而家幾點呀？你遲到呀！」斤斤計較至極。

四號：三十多歲仍然在到處做散工，一個月薪金約90萬韓元（6,300港元），我問他為何不轉其他工作？做速遞司機也好，韓國的速遞司機雖然辛苦但薪金很高，他卻推說因為辛苦，不懂，不做，抗壓能力低。

五號：美國長大的韓國人，是個前駐韓美軍，他說因為外表不好（確實是……呃……難以名狀）所以很久沒交女朋友。而他正是上述所講的第三類，吃飯吃到三分二時，便開始不斷游說我去賓館。Sorry，想做第三類，有樣有腹肌是基本吧，他覺得自己有資格？（笑）

見識過好幾次後，真的大開眼界！所以為何我在上文提到大學／職場／澳洲工作假期中才能找到良緣吧，在那些環境下結識的人才有共同話題，亦更容易找到跟自己匹配的那個對的人！

Chapter 2

像我這樣在茫茫人海中「開盲盒」，很容易就會幻滅對韓國的一切想像。

平淡愛情故事

不抱期望，也許就是交友的最佳心態，相親就當是找個飯腳陪我吃飯和練習韓文的活動吧，增長見識也是好的。直至有一次在語言交流活動中遇上我現在的丈夫，他想學英文，不過當他遇上我後，就再沒有跟我說過幾次英文。

有時在網上看見一些準備結婚的女生們，都喜歡回憶自己跟另一半相遇經過，有如劇集的情節一樣令人感動流涕。但我們的絕對不是那回事，乏善可陳，甚至不能獨立將之寫成一篇。

但也不需要羨慕別人，我就是喜歡這種平淡如水，船過水無痕，鳥飛不留影。結果才是最重要的。

我的丈夫屬於文首的第一類韓男，嚮往外國生活（但沒有能力和勇氣移民），喜歡聽英文歌和看外國電視劇，會交外國朋友，喜歡外國食物，包括我最愛的芫茜！他在仁川中華街看到有金髮碧眼的遊客時，會偷偷買幾包韓國年糕，然後膽粗粗上前打招呼送給對方。來自香港的我，嚴格上不是他喜歡的那種西方外國人呀，那又為何要跟一個華人結婚呢？對此，他有解釋過——因為文化相近，相處得較舒服。他的東歐人前女友，他們在很多與韓國傳統文化有關的事情上都難以溝通，總是有一種隔膜。

像從韓劇走出來……

結婚前老公有點肌肉,眼細細的典型韓樣,很符合我口味。至於婚後嘛,就只剩肚腩。

我們那時在Kakao Talk上聊天聊了很久,第一次約會時我正住在首爾大學旁邊的山上,他開車來接我到仁川月尾島遊玩,那是一個年輕人的約會熱點。我才剛上車,韓劇般的情節便出現了──他突然靠近我,我的心當然怦怦跳,但原來只是來幫我繫安全帶(笑)。我偶爾會跟他提起這件事,我們都覺得這舉動實在超油膩,好老套,甚至「起晒雞皮」!但當年我還有顆韓劇少女心,又如何能抵擋得住?腦中立即響起了韓劇的背景音樂。每次想起都會不禁說句:「아이고 내 팔자야!(真係吖,我條命就係咁……)」

拍拖時我會到奶奶的店裡幫忙弄泡菜,他們每次整就是一車大白菜。

Chapter 2

當時已經三十多歲的我們都很喜歡小孩，所以他比我還要趕著結婚。在一起兩三星期後便去見他的家長。他們家在仁川海邊旅遊區開了一間生魚片店，每到周末生意都非常好，所以有時我也會去幫忙晚市工作。

丈夫家中開魚生店，傳統魚生店的小菜都超多，擺滿一桌

直男癌

他喜歡行山，約會大部分時間都是行山行公園踩單車踏青去海邊，又喜歡一些奇奇怪怪的景點。有次在海邊玩完水，穿著t-shirt短褲，踢住國民拖鞋一起走上他小時候常常去的一個小山崗，說想看看夕陽，多浪漫！但原來山上是沒有行人路的，草長到腰那麼高，途中更有個山墳，轉眼太陽又下山了……我嬲咗。

首爾冠岳區新林，有條河叫道林川，我們不知從哪裡弄來

了兩部單車，沿著河邊單車徑，「大眾踩單車郊野上」（曝露年齡系列），本應是多浪漫的場景呀！然而他卻說：「不如鬥快踩到嗰度吖」，下一秒便頭也不回的踩到老遠，直接在終點等了我十五分鐘，我又嬲咗。

他完完全全就是一個大直男，到了求婚那天，他在家中的客廳尷尷尬尬地從口袋取出一枚戒指。我常常用這些事來揶揄他，難怪他要找外國人急急結婚，這樣的操作，韓妹哪會受得了？

連自己也無法想像，我們已結了婚差不多十年。我不敢說自己嫁了最對的人，他一定不是條件最好的，但我們的家庭價值觀相似，生活步伐相似，互相合作經營家庭，能夠細水長流，便是一種幸運。

3. 韓男特徵避雷

　　婚前婚後兩個樣不只是韓男的專利，遇上靠不住的老公就歸咎於國籍並不公平，但以我十多年來的觀察，韓國男性的確有一定的性格特徵，如果對方婚前已擁有以下的性格特徵，那就不要妄想他會在結婚後改變很多，若覺得自己不能忍受的話，那就該趁早回頭是岸！

媽寶 / 巨嬰

　　我相信媽寶和巨嬰在世界各地都非常普遍，只能怪上一代的媽媽們太能幹，照顧得兒子們太周到了！韓男中的媽寶比例不少，嚴重的在拍拖時已經要看媽媽眼色，結婚後也自然會成為巨嬰，「婚前靠老母婚後就靠老婆」。

大男人

　　大男人有很多種，除了控制狂那類較容易察覺外，其他的又該如何分辨呢？最簡單的可以看飲食：一定要吃韓食，難以接受其他國家的食物；早餐一定要吃飯，絕不能吃麵包吃三文治，這些是非常傳統的思想，婚後想必也一日三餐有湯有泡菜加白飯。

喜愛飲酒

　　眾所周知韓國人喜愛喝酒，如果另一半喜歡喝酒的程度連午餐也要喝酒，下班回家後又要喝，千杯不醉的還好，但如果是每星期去會食，喝醉後回家發酒癲的就超難忍受了，但這卻是很多韓國家庭的日常。

飲酒是很多韓國人的習慣，跟特別喜歡飲酒的人交往，自己的酒量
也要很好才行。

負債多

　　香港人的負債以良性的樓貸為主，最多就是欠下卡數，而
韓國人較常見的卻是生意失敗欠債，因為做生意太容易，同時
風險很高，這種負債一般以上億韓元為單位，不容易解決，更
會連累下一代，所以經常會聽到韓國子女為父母還債的故事。

抗壓能力較低

　　韓國人做任何事都要快，做事十分急躁，這是因為EQ不夠
高所致，連慢一點也不能忍受，而且經常將「스트레스 받다」（很
stressful）掛住口邊，任何不合心意的，小小事都會說自己很有
壓力。我經常在想，不如邀請他們到香港生活一下，感受一下
什麼是真正的壓力。

Chapter 2

空頭支票

　　我發現有外國人妻子的韓國男人很會信口開河，搏太太們韓文不夠好，搏太太們不會發問不會上網查答案。當遇上他們也不懂回答的問題時，他們經常會說「不能，不可以，做不到」，因為不想麻煩，所以便索性直接否定。另外，也因為覺得外國人不會知道很多韓國事情，所以經常開空頭支票，可能讓你等個十幾廿年都不會兌現。

玩失蹤 / 已讀不回

　　如果前一天還是好好的跟你聊天，第二日卻突然玩失蹤，然後幾天已讀不回，韓國人叫這種行為做「潛水」。其實「潛水」背後只代表一件事，就是他不想跟你再有瓜葛了，想分手了，這是十分典型的韓男分手做法。

4. 韓國結婚超簡單？

有沒有看過韓劇《歡迎來到王之國》？

劇中女主角的空姐閨蜜在年輕時莫名其妙地「被結婚」了，成為了她人生中的一道刺。是不是覺得有點疑惑，為何可以被結婚而不自知？

就是遞張表這麼簡單

事實的確如此，在香港結婚時隆重其事的宣誓儀式，在韓國是全部欠奉的，韓國人只會在擺酒時才會形式上補回，但在官方而言並沒有所謂的簽紙和交換戒指的儀式。

在韓國，結婚稱為婚姻申告，流程是先在區廳內領取一份表格，填妥後找位見證人簽署，連同身份證副本到區廳交表後便完成，簡單得甚至不需要一對新人同時在場，過了兩三日後，家族關係證明書上面便會自動顯示為已結婚。

韓國的「婚姻關係證明書」沒有正副本之分，只要登入政府網頁，便隨時可以自行打印的。當外國太太在申請F-6結婚移民簽證時，出入局會收取我們的結婚證書的正本，不會返還，對此，不少香港人妻們都表示不能理解，為何如此重要的文件不會歸還？那是因為韓國人不覺得這張紙很重要呀！韓國的結婚證明是可以無限列印的，所以也不會像香港般要找個相框把它鑲起來。

以上的操作，其實很依賴國民的自律性：如果治安差一點，就會有很多人「被結婚」而不自知，在現今社會要這樣騙婚難一點，但在二三十年前網絡還沒普及的時代的確有這種的風險，

所以電視劇才會出現這樣的橋段。另外，韓國到現在還是有「事實婚」存在，即只擺了酒但沒有做婚姻申告。這種毫無保障的婚姻，在香港早已少之又少，但韓國仍會不時見到事實婚的夫婦爭奪子女或家產。

擺酒超趕時間

韓國結婚擺酒的方式也跟香港大不相同。

韓式婚禮像一場很快完結的Show。

在韓國，結婚擺酒不一定在夜晚，中午的反而更為普遍。我參加過大部分的韓國婚宴都是午宴，周末嘛，就不要阻礙別人休息了，匆匆吃過喜酒還能安排其他行程，這才是對賓客的禮儀。另外，韓國的婚禮儀式跟飲宴是分開的，儀式會在禮堂舞台上進行，時間很短，流程包括進場、向家長鞠躬行禮、致詞、

送禮、唱歌表演，大合照後便完成，不用一小時，然後賓客就會陸續前往食堂吃婚宴餐。同一幢大樓內的不同樓層會設有自助餐區，以韓食為主，是流水式的，吃完便走，一批人走了下一批賓客就來了，整個過程很匆忙。

如果是比較小的婚宴場地，就會有超級多人同時用餐，情況就像中午在商業區的食堂吃飯一樣又迫又嘈。有些去慣婚宴的人跟一對新人不熟的話，不會先前往婚禮現場，反而先去吃飯，以避開人潮。韓國人吃飯很快只需半小時便吃完，施施然回到婚禮現場等待大合照也沒人察覺。

婚禮後大多數是自助餐，沒有分朋友席家屬席，要自己找位子，甚至可能要跟另一對新人的親友一起同場吃。

至於香港那些接新娘、鬧新房、台上大抽獎，韓國當然是沒有的。打扮得美美的新娘，會在婚禮開始前，在一間房中跟來到的親友輪流拍照寒暄。婚禮結束後便換上韓服到另一間房中，在最親的親屬面前向父母韓式行禮。韓式禮完成後便會更換衣服，回到自助餐區跟賓客感謝和道別。

就這樣，在匆匆忙忙就渡過了一場韓國婚宴。

Chapter 2

5. 婚後一定要做金智英？

　　近年最能引起社會話題的韓國電影，《82年生的金智英》必定榜上有名。它是由小說改編的，不論是韓國女性甚或在韓港妻都極有共鳴。故事將現今韓國女性在社會上遇到的不公平——重男輕女、職場歧視、放棄事業照顧家庭、跟奶奶八字不合、被家庭社會忽視……種種人妻的不幸事件，一次過反映在女主角身上，令她瞬間崩潰。

　　電影中有個小結：無論時代如何轉變，經濟如何起飛，韓國社會對女性的壓迫，竟然諷刺得好像從朝鮮時代開始，一直沒有改變過。難道跟韓國人結婚，就要受這樣的苦嗎？

重男輕女的家庭

　　祖母一代的韓國女性常常會說：「老公是天，你要對老公好，老公好你才會好。」這想法是多麼的輕蔑女性！現今社會當然不存在這回事，不過韓國上兩代人這種極重男輕女的觀念將兒子寵上了天，久而久之便產生了大量媽寶、巨嬰及逆子，讓老一輩承受苦果。所以現在的五六十歲長輩，不時會強調生女好，因為女兒長大後會回家探望父母，兒子長大後回家，就只為了拿走母親煮的小菜，兩者大不同。韓國出

在眾多家務之中，我最討厭的是摺衣服，每次都要摺一小時。

生率之低，年輕人願意結婚生仔已經要還神了，還要想生男定生女，甚或追到有男孩為止？現在已變得沒有本錢去重男輕女。

媳婦沒地位

電影中壓死女主角的最後一根稻草，是在一次祭祀之中，全家人中只有女主角忙得像傭人一樣。舊時代傳統韓國家庭的女人是很卑微的，像我奶奶，家中男人們（我老爺和我姑爺）都是典型大男人，永遠不會做家務不湊仔，只會飯來張口，而且從來不吃韓國菜以外的東西，一日三餐都要有白米飯。

在奶奶家，就算是平日吃飯，她也很少跟大家同桌，在席間只幫大家添飯烤肉，並說：「我已經吃過了，不用擔心」。時代不同了，現今女性在家中的地位高低，關鍵永遠只在於她有沒有一個會為自己挺身而出的老公！在現實中的祭祀，幫忙煎餅的人其實有很多，除了媳婦外還會有家中比較年長的小朋友，以及有輩份較低的堂弟妹，若只折磨媳婦，只反映了那家人不融洽而已，並不代表全國民的立場。

女性職場不受重視

在韓國，對於女性的職場歧視，答案是肯定的。就算未結婚的都一樣，普遍覺得女性能力不如男性，根據 2022 年的數據，韓國男女薪酬水平相差 31%，鄰國日本只差二十幾個百分點。而且對女性員工的階級觀念重，她們比男性更需要看上司面色，所以韓國女性在政界和公司管理層的參與比例都極少。

在香港，什麼年紀才算是職場大齡呢？應該也要四十尾

五十頭吧！但在韓國，女性三十歲過後便難找工作了，公司又會擔心女性員工在婚後請產假和育兒假；已經有孩子的又怕她們為了照顧小朋友不能OT，不如請個男同事吧！一勞永逸。

在沒有菲傭的韓國社會，女性婚後要如何做到事業家庭兩兼顧？我試過，真的很難，除非有個萬能奶奶幫忙，同時又捨得讓小朋友沒有媽媽陪伴。於是，放棄事業、全職投身家庭，等到小朋友上小學後才重返職場是不少韓國女性的唯一出路。可以說，只要一結婚，人生就被定型了。

媽媽們可以找什麼工作？

韓國的已婚女性就不能工作了嗎？也不全然是，仍然有很多在職媽媽為口奔馳。只要積極地在生小孩前計劃好，找一份穩定而不錯的工作，獲公司繼續聘用即可，公務員、外資公司或某些鼓勵生育的大企業都對女性員工相對友好，在子女層面上就可能需要花點錢幫小朋友報讀補習班，以及犧牲跟小朋友相處的時間了。

如果不想做全職的話，兼職也是另一個考慮。幼兒園通常下午4、5點才接放學，所以家庭主婦一天會有四五個小時的空閒時間。韓國主婦們近年流行開設網店，以低成本創業，只求賺點零用錢。如果不想花心思創業的話，也可以用APP找兼職工作。韓國有針對兼職工作的求職APP，例如알바천국（兼職天國）、알바몬（兼職mon）、벼룩시장구인구직（跳蚤市場求人求職）等，還可以在Coupang做兼職送速遞送外賣，又有Miso之類的鐘點打掃APP，幫人打掃三四小時，每小時薪金可以達

到15,000韓元（100港元），比最低工資還要高出幾千！

　　所以其實只要有心則無事不成，重點在於能否積極面對，當自己也看不起自己，很難叫人看得起你。

小兒子出世後，我開過網店賣家品雜貨，在韓國的家庭主婦也不一定不能工作賺錢。

6. 韓國祭祀是場惡夢？

上一篇提到韓國祭祀，是韓國媳婦們的惡夢。

韓國有傳統兩大節日：中秋和農曆新年，在這兩個節日中香港人也會做節吃飯，以求一家整整齊齊團團圓圓。而韓國人呢？祭祀吧！韓國的祭祀並不像華人世界般求神保佑帶神秘主義色彩，在他們來說祭祀是儒家的儀式，更多的是對祖先的思念和敬意，古時要祭四代的祖先，需要春夏秋冬各祭一次，以及先人的生忌死忌等日子。古時的程序比現代繁複許多，令到兩班（貴族）們很苦惱。

韓國的祭祀桌，我家一年擺三次，每次都是大堆頭。

後來朝鮮儒學思想家栗谷先生李珥（就是5,000韓元紙幣上那位人物）建議將之合併成一年兩次。自1960年代開始，政府頒布「건전가정의례준칙（健全家庭儀禮準則）」的相關法律，並經過2008年修正後沿用至今，才發展成現代人祭祀的模式。沒想過連祭祀都有相關法律吧！可見韓國對傳統的重視。

大時大節必須祭祀嗎？

　　傳統上，祭祀都是由家中的女性去準備。雖則韓國非常重視傳統，卻又未必每個家庭都會祭祀，大時大節媳婦們像奴隸般幹活，其他人則在客廳內吃喝玩樂等吃飯，這種金智英的形象只是大眾對韓國女性的刻板印象。

要一個人完成所有祭祀食品，最少也需要五六小時。

　　在我認識的韓國女性朋友中，幾乎沒有一個人需要獨力去搞祭祀。首先，祭祀是長子一家的責任，若老爺或丈夫不是長子，那麼祭祀當日就只需前往老大家中，圍爐開餐就可以了。另外，會保留祭祀習俗的多是大家庭，那麼多成員總能幫到忙的，不會讓你感到孤單。有時甚至會因為太多人，三姑六婆七

Charpter 2

嘴八舌的，未必句句都中聽，但又不能反駁，像我這種「INFJ」的人便感到很痛苦，這才是真正的惡夢所在。

然而，我卻是那種中秋新年，只有自己一個準備祭祀，忙碌得像狗一樣的「幸運兒」，要做到這樣效果，需要達到一定條件：

1. 丈夫或老爺是家中的大哥

2. 奶奶已過身，又或奶奶不動手參與

3. 夫家不是天主教或基督教教徒

4. 丈夫思想傳統，認為擺放祭祀桌才叫盡孝

5. 要求食物都親手烹調，到超市購買已做好的都覺得在褻瀆神靈

6. 丈夫認為一年兩次春秋二祭不夠，先人生忌死忌也需要祭祀，這樣一年便祭祀三四次。如果80、90後的丈夫有這樣想法，在韓國都真是奇葩！

以上各點缺一不可，要齊備以上六點，猶如中六合彩般困難！所以我是真的很好運，應該多買六合彩！

新世代的做法

新一代的年輕家庭不見得大費周章，節日去 Camping 或到海外旅行的大有人在！就算家中需要祭祀都會有親朋戚友一同完成，還有誰會老老套套地折磨一個外人？當然是會有個別情況，惡奶奶、衰老爺、廢人老公……何時何地都會出現，是際遇，但不是普遍現象。

我奶奶還在生時，由於老爺不是長子，沒有祭祀，但過節食品還是要有的。奶奶很少自己動手煮，只跟我說：「去買就得啦，咪搞到成屋油煙！」可見連奶奶也不願委屈自己。其實在網上有很多祭祀套餐，一個只需十多萬韓元（1,000港元）起跳，下訂後等到節日早上，便有一箱齊全的祭祀食品送到府上。想便宜一點，可以在市場的小菜店，購買現成散裝的煎物，按斤計算1萬韓元（70港元）起，非常方便，實在不用自己動手。

我家的祭祀

　　由於老爺和奶奶也不是長子長女，所以他們家的祭祀都由別人來處理，他們年輕時還會回鄉一起過節，後來奶奶的父母都過世了，所以近二十年都沒有再特地回去了。

　　奶奶是個很隨意的人，加上本身是做飲食業的，所以最怕大時大節在家搞大龍鳳，自然也不會要求我做什麼。反而是老公想盡點孝道，所以每年中秋新年，我們都會做些煎物（過節食品不外乎牛骨鍋和煎物），帶到奶奶家一起吃。

　　後來奶奶過身，丈夫作為長子，自然就想到要開始祭祀。由第一年開始，春秋二祭，還有奶奶死忌，一年三次。丈夫通常負責看管小孩，帶他們到外面玩，而我就負責煮食，上網找食譜邊學邊做，從原本什麼都不會，到現在第三年了，十分熟手。

　　丈夫只有一個妹妹，妹妹也有一個在讀中學的女兒，他們不時都會問我有什麼可以分擔的，但我喜歡一個人清清靜靜，

久而久之，丈夫和姑仔也很識相地在每次祭祀過後各自包一封利市給我。所以我這個外姓人，不是平白無故就奉旨幫手祭祀他們的祖先，但既然是一家人了，互相幫忙互相體諒，就能維持大家的面子和韓國的傳統了。

每次當大家看到我在社交媒體上的祭祀照片，讚嘆過後，可能心想「韓國男人就是這樣大男人！迫個老婆搞大龍鳳而自己乜都唔做」，但背後的故事卻比大家所想像的要和諧。我負責煮，至於洗碗收拾等後續功夫，通常都會由別人爭著做。我是個廚房控，很怕別人碰我廚房的東西，尤其是丈夫，他只會「打爛嘢」！韓國的祭器是由全人手製作，啡色來自南原的上品漆器，十幾件最平的都30萬韓元一套（2,000港元左右），所以他還是負責抹乾這等簡單事情就好了。

準備祭祀桌

祭祀儀式會於中秋正日和大年初一的早上進行，所以要在前兩三天開始購入食品，前一天開始煮。

我們家很簡單，大致分為水果（梨、蘋果、柿及一兩款時令水果），蔬菜（菠菜、豆芽、桔梗做的三款拌菜），五至六款煎物、

將幾十件祭器洗好再抹乾，很花時間。

湯（魚湯、肉湯、素的豆腐湯）、藥果（韓式傳統零食）、祭祀用年糕、煎魚一條、蒸雞一隻、魚乾、韓式米露、白飯和豉油。

水果在上桌時要先切去頂頭，傳統的祭祀桌食物陳列方式是「紅東白西（紅色在東面白色在西面）、魚東肉西（魚在東面肉在西面）、頭東尾西（頭向東尾向西）、生東熟西（生的食物放東面熟的放西面）」等，但由於太繁瑣了，所以我們也沒有跟足，總之滿滿的一桌菜便成。祭祀桌上不少得還有祭祀酒，會使用有香氣的清酒類，而非燒酒。

有些很傳統的氏族，還會保留韓屋祖屋和族長，他們的祭祀儀式是相當講究的，而普通百姓則各有各習慣。我們家是相約早上9點聚在一起，大人先行禮奠酒上香，再到小朋友行禮上香就完成了！等香燒燼後，便開始吃過節餐。牛骨鍋和煎物肯定會出現在過節的餐桌上，不同的節日也會有不同的「期間限定」：中秋節會有松餅；農曆新年則有年糕湯。農曆新年期間小朋友還有利市收，跟香港一樣呢。

我其實挺喜歡自己一個人準備祭祀，如果連我這樣的一個外國媳婦也能獨力完成韓國人眼中的厭惡之事，那我還有什麼是做不到的呢？「輸人唔輸陣」，這個架勢在異地生存中，其實也很重要（笑）！生活滿足與否，全視乎心態，心安理得，無所畏懼。

Chapter 2

1. 港韓聯姻的都市傳聞

「大家唔好嫁韓國人呀，女人要貼大床㗎！」

不知道新世代有沒有聽過「貼大床」這形容，因為到我的年代早已不常用了，「貼大床」的意思是要「貼錢出嫁」，感覺好寒酸。在華人的觀念中，嫁女就是禮金、開門利市、車、樓缺一不可，不然的話就不要嫁啊！

韓國人婚嫁，也有예물（禮物）、예단（禮緞）、혼수（婚數）。혼수（婚數）指女性的嫁妝，예물（禮物）是指新娘新郎的交換禮物，猶如西方文化中的結婚戒指，以前的韓國人交換的不是戒指，而是任何名貴的東西，現代的話，除了戒指，也有人會送手錶珠寶名牌包包。예단（禮緞）是指女方對男家的回禮，古時男娶女要送聘禮，而女方的回禮通常都是布匹絲綢，故稱為禮緞，現代人則多用床上用品如枕頭被鋪等代替。

以往的觀念，如果男人已經付了買樓的錢，女人就會買家具電器。現今世代，也有人是靠樓按借多點錢來買電器，總之自己開心就好。

現代的韓國人婚嫁就簡單得多了，有人甚至會혼수、예물和예단全都不做，直接買房子！用新房代替聘禮和嫁妝，既然新郎付了買樓的錢，新娘應該怎樣做？香港人會回話：「咁緊係要叫佢層樓寫我名啦！」（笑）韓國新娘會回禮，當然不是古時的綢緞，而是現金，例如樓價的 10% 現金，又或同等金額的禮物，最直接的就是買家具。老公買樓，老婆買家具，家具當然包括主人房的大床。不知是否這個原因，十幾廿年前跟團去韓國旅行時，導遊或會提過：「韓國女人結婚要貼大床㗎！」確實是真的，而且不只是大床和枕頭被鋪，還有梳化衣櫃餐桌雪櫃電視機呢，可怕不？

「韓國男人結婚後，會畀晒份糧老婆管！」

曾聽說過一些韓國港妻說過，丈夫會把整份薪金交由自己管理，丈夫的工資帳戶就是太太的帳戶，太太只需要每個月給丈夫一份零用錢就可以了，羨慕吧！

我在結婚前聽到這分享時便覺得很吸引，因為這情況在香港簡直是癡人說夢，丈夫不用你「AA制」便很好了。後來我才發現，韓國的確有這種家庭存在，如果夫婦一起做一盤生意的話，很多時管錢的都是女性。

但好聽點就是「畀份糧老婆管，我嘅嘢等於老婆嘅嘢」，而實際的潛台詞卻是「屋企所有嘢我都唔理㗎喇，你自己搞掂佢」，即家中水電煤管理費、保險費、屋租、洗車錢入油錢、小朋友的興趣班學費……以至到超市買水果、叫外賣，全都由太太負責，是一項多麼艱巨的任務呢。相反，丈夫看似只收到零

用錢，腦袋卻可以逍遙快活。關於錢的問題？「妻子會解決的，不關我的事。」

所以，除非丈夫月薪10萬港元而且不用供車供樓，否則我還是想做收零用錢的一方。以他月薪的一半作零用錢，其他支出就由丈夫自行解決吧。（笑）

「韓國男人好鍾意打女人！」

不知從何時開始，「大男人」是韓男的標誌，深入民心。

夫妻相處的學問很多，文化差異只是其中一環。

當中包含了很多原因：上一代韓男不想妻子出去工作，自然就要妻子負責所有家務，女性地位便變得卑微，男人說左女人不能到右，被男人打也不能還手。

會有這樣的情況，只因以前的韓國，女人的歸宿只能是出嫁，終歸要靠丈夫生活，所以祖母那輩才會經常說「老公是天，要對老公好」。而現在呢？嫁人早已不是女性的唯一出路，反而現在生活迫人，男人連說出「老婆你唔好出去做嘢，我養你！」的底氣也缺乏。時代正在改變，女權漸漸被關注，雖然韓國的改變速度有點慢，但女性的處境也並非如此不堪，畢竟韓國還是個法治的民主社會。

前文曾提到，韓國男人相對較為急躁，加上好杯中物的話便會喝醉後發酒癲，這樣的確會增加家庭暴力的機會，喝酒與家暴息息相關。而這些喜歡喝酒的男人中，如果有幾個是人格障礙的話，就很容易變成那些會襲擊前妻的跟蹤狂，近年電視新聞也報道過這類可怕情人。這是否就能斷定普遍韓男喜歡打女人呢？來看看數據。

　　約2,100萬人口的台灣，2022年家庭暴力通報案件約19萬件；5,000萬人口的韓國，2019至2022年間所接獲的家庭暴力報案，每年平均25.5萬件，而正式立案的則是每年約5萬多件，這些案件包括了家暴配偶、子女和父母。

　　從數量上看似乎沒有比鄰近地區高很多。但無可否認，這還是個值得關注的問題，所以近年韓國從教育著手，自幼稚園和小學起有預防家庭、校園和約會暴力的教育，希望不只是教導他們避開以及如何尋求幫助，也應該從家庭教育方面著手，避免自己的子女成為暴力的加害者。

Charpter 3

第三章

韓式家庭生活

1. 韓國生育有錢收嗎？

常聽說，50年後韓國人會絕種。

真的是這樣嗎？我翻查了資料，發現每個機構的出生率調查結果都不太一樣，但上榜的地方都是那幾個，以下姑且引用2023年聯合國的人口基金（UNFPA）的「世界人口狀況」數據，全球出生率最低的五個地方：

香港：0.8　韓國：0.9　新加坡：1　澳門：1.1　中國內地：1.2

原來韓國還比香港高0.1呢！韓國已經開始進入「超高齡社會」的時代，預計2025年65歲以上的長者人數將會佔總人口的20%。幾年前更已出現「死亡交叉」——死亡人口大於出生人口，如果持續這樣人口自然流失下去，韓國人絕種不是無稽之談。

在香港人們大多生活在「豆腐潤」般的環境，要如何養育孩子？對此我非常明白。但韓國人不想結婚生小孩的原因，就不單純只因為居住地方小，更大的原因在於女性主義抬頭，昔日男主外女主內的婚後生活，令女性失去了工作機會以及自由，加上樓價高、私教育（補習）費在內的養育支出高昂、工作和生活壓力大等典型因素，令年輕人對未來絕望，這個問題實在難以解決。近年韓國政府開放移民，也引入愈來愈多外地勞工，並加大力度支援結婚移民者，可見他們對處理人口老化問題也沒有什麼辦法了，唯有從外地引入更多人口以解燃眉之急。

在我懷上第一胎時韓國政府已經開始推出鼓勵生育的政策，無非就是各種金錢支援，包括懷孕期間的診金、小朋友出

生獎勵金，直到七歲的育兒支援金等等，如果生到第三胎的話，讀大學更是免學費，這的確幫補到家長不少。以上各式各樣的支援金額，直至我小兒子2020年出世時，其實都沒有太大改變，但我覺得已經很不錯了，畢竟如果在香港懷孕，照一次超聲波便花費五六百港元，而韓國支援金已能覆蓋到大部分的產檢費用，對此我很知足。

韓國的多子女家庭，政府會給予一定的金錢補助。

自2024年1月1日起，仁川市推出的加碼獎勵，加起來高達1億韓元（70萬港元）！如果我的小兒子再遲幾年出世就好了：

懷孕期間醫療費：100萬韓元（7,000港元）

孕婦交通補助費：50萬韓元（3,500港元）

一次性第三胎出生獎勵金（仁川中區）：300萬韓元（2萬港元）

一次性出生補助券：200萬韓元（14,000港元）

父母育兒補助：100萬韓元（7,000港元）/月 x 11個月（第12至23個月期間每月50萬韓元）

兒童津貼（0至7歲）：每月10萬韓元（700港元）

兒童津貼（8至18歲）：每月15萬韓元（1,050港元）

在韓國，三胎或以上家庭定義為「多子女家庭」，在各方面都有些優惠：

・幼兒園申請分數提高

・優先申請入讀幼稚園

・買樓可申請多子女特別供給

・貸款買樓可享多子女利息優惠

・申請韓國公屋優待

・第三胎以後的子女，幼稚園到中學每年都可以申請學費補助，大學免學費

・多子女家庭的老大老二，大學學費有支援

・減免汽車購置稅

・KTX搭乘優惠

・政府 kids cafe 及託管服務優惠

・可申請多子女卡，享用不同商店和機構的優惠，例如入油、泊車、主題公園和博物館門票、便利店和咖啡店、醫院、電影院及劇院公演和觀光景點門票等等

最近一些大公司甚至是大型教會更陸續推出自己的出生獎勵金、男性育兒休假等，如果生到第四胎的話最多可獲2,000萬

Chapter 3

韓元（14萬港元）！

　　雖然這些支援令我很心動，但似乎打動不了一般市民大眾的心。我跟丈夫雖然很喜歡小朋友，結婚前已經計劃生四五個，不過到了真正實行時，還是要量力而為。以前有人跟我說：「係窮人先會生咁多個啫，可以有錢收！」，可能是在諷刺我吧，但支援金並不在我的考慮之列，小朋友有沒有足夠的成長空間才是最重要的，當然也要考慮我是否有精力照顧以及教育他們，現在三個就足夠了。

2022年回港時的機場留影。有小朋友的家庭每天都很歡樂。

2. 懷孕生產：全程韓文好不安？

　　我跟丈夫的最大的共通點是，我們都喜歡小孩，有目標去組織一個大家庭。當時他的目標是生五個，而我就覺得三到四個都可以。在這個世代，要找個願意跟你生三個小孩的另一半，其實不簡單（笑）。

　　不過，從結婚到第一次懷孕，我的韓文水平也沒有很好，甚至連電視新聞也看不明白。

回香港生小朋友的好處

　　當時沒有很多嫁到韓國的香港太太，也沒有人寫 blog 或拍 YouTube 告訴我在韓國懷孕該怎麼辦，而家中男人也是例牌的一無所知，於是很多事情迷迷糊糊就過去了。幸好我也不是個特別好奇和嚴謹的人，每次去產檢聽醫生說 OK 我就信了，反正不信又能怎樣，要回香港生嗎？

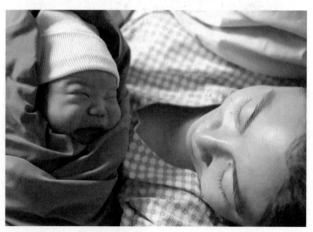

我的三個小孩，都在韓國出世。

Charpter 3

我也聽過，回香港生小朋友的媽媽比例相當多。一來，小孩一出生便即時拿到香港永久居民身份，如果在韓國出生的話則需要向入境處申請居港權，手續繁複；二來，韓國的醫生和護士都以講韓文為主，很多媽媽也聽到一頭霧水，感到不安，那倒不如回港，同聲同氣，也有娘家人可以照顧坐月。

　　但香港的醫療是一個很大的問題，曾在公立醫院生小孩的朋友，紛紛向我分享她們的「精彩」經驗，可是私家醫院又太昂貴，而且要麻煩香港家人幫忙我的坐月事情。所以最後還是決定在韓國自行處理！現在回想，這個決定實在做得太好了，我覺得在韓國生小朋友「平靚正」！

產檢費用便宜

　　先說產檢，韓國出生率低，產科醫院眾多，基本上去做任何檢查都不用排隊。聽說在香港想找有名的醫生做結構超聲波檢查，提早幾個月預約也未必有位，相反在韓國的話，醫生和醫院任你選擇，當然，選間離家最近而有口碑的醫院很重要。

　　首先選定一間自己喜歡的婦產科醫院，中型醫院已經足夠，如果是高齡產婦或多胞胎的產婦，想安心一點可以選擇大型綜合醫院。然後選醫生，通常為你做產檢的醫生會一直跟進到底，也將會是這個醫生為你接生。

　　只要做了這兩個選擇，之後按照醫院的指示，定時進行各項檢查就可以，其實不困難也不會令人不安，醫生會講一點英文，所以我的韓文也不用頂呱呱。兩星期做一次產檢，從第一

次起便進行超聲波檢查，每次也只是2至3萬韓元（140至200港元），還有抽血驗尿照頸皮等，醫院全部都會安排妥當，不用自己操心。

到了結構超聲波檢查時也十分用心，我的小兒子在第三次檢查才看清心臟血管，但醫院也只了收我一次檢查費用（大約也是5萬韓元左右，即350港元），香港朋友聽畢驚訝：「香港照一次起碼幾千呀！」不過，香港流行產前基因檢測看看胎兒有沒有遺傳病，在韓國反而不算流行，需要自費，價錢跟香港的差不多，我當時覺得沒有需要就省略了，反正醫生也沒有建議要做。後來到了第三胎時，醫生懷疑是唐氏BB，就直接被送去抽羊水了，當時真的是我人生中最緊張的一次，比生小朋友還緊張，在床上顫抖得連醫生都發現了。

對了，上一篇提到韓國的懷孕醫療補助，其實已經可以涵蓋產檢費用之餘，還可以分擔部分住院費呢。

沒有公立醫院

韓國的醫院大部分是私家醫院，所以在競爭下，也有相對的服務。很感恩，雖然我選的只是區內中型醫院，但三次入院生小孩我都覺得他們的服務不錯，護士和姨母笑容溫柔，也會照顧到產婦的心情。我很喜歡我的主診醫生，是一位和藹的女醫生，由長女二女，到中間有次流產要做刮宮，再到小兒子，全部都由她主理。

在入院時可以選擇房型：六人房、三人房、二人房、單人

房。一定要選單人房，猶豫一秒都是對產婦的不尊重！當護士告訴我單人房的價錢時我還不敢相信，一晚15萬韓元（1,000港元），超便宜的！在香港，應該要在公立醫院才能找到這個價錢吧。至於無痛分娩是50萬韓元（3,500港元），打針打點滴、止痛藥抗生素、一日三餐等全都是逐項收費，但也送了很多東西，包括面部和足部按摩、小朋友奶粉、小朋友衣服、滿月攝影套票等。

三寶的體驗

第一胎：是最辛苦的，可能是因為子宮頸第一次打開會比較痛？只要打開過一次之後就好辦事了？（笑）這只是我個人感覺罷了，不是專業醫生的結論。由於第一次沒有經驗，我得承認自己當時不年輕了但仍然無知，當護士問我要不要打無痛分娩針時，我想也沒想就回絕了，因為我很怕要在背脊打一針！但沒多久就後悔了，因為沒有無痛分娩，韓國的醫院也沒有「笑氣」，我在床上痛得死去活來六七個小時，還被隔壁的產婦投訴我太吵了（難道她們真的可以開到十度都不哼一聲嗎？）。

第二胎：足月時突然在家中穿羊水，丈夫見狀立即載我到醫院，那時超怕要在車上自行接生，幸好醫院跟家距離夠近，安全到達！上到產房後已經差不多可以生了，快得幾乎不用打無痛分娩針（最後也是打了，我擔心要再經歷一次那種劇痛）。也許是因為太順利的關係，所以對這次生產沒什麼印象，這也是種幸運吧。

第三胎：小兒子足月但不想出來，最後要到醫院催生。

韓國醫院蠻喜歡催生的，第一胎也是，快足月時就選定一個日子入院，但兒子在催生時都沒有想出來的意思，催了很久才出來，這次我發覺陣痛不算痛苦，因為有無痛分娩針嘛，然而催生的過程才是最痛苦的！因為他們就是想盡辦法令子宮頸開得更快，每個小時都探宮，那種痛真是天下無雙。不過由於有前兩次的經驗，兒子出世後也是心情最平靜，準備得最充足。

韓國醫院的產婦餐，一日三餐都有大大碗海帶湯。

在韓國生育要花費多少錢？

　　在韓國的私家醫院生小朋友要花費多少錢？第一胎出生時我毫無經驗，什麼服務也沒有加，是一次完完全全的自然分娩體驗，還要像個難民般住在六人房，三日兩夜，扣完國民保險之後只需要30至40萬韓元（不到3,000港元）！離開醫院後我便立即後悔，為何那麼便宜？跟我想像中的私家醫院完全不一樣，然而當我問丈夫時……得到男人的標準回答：「我點知

啫⋯⋯」

　　有了第一次的經驗，之後兩次我都自己作主，單人房和無痛分娩針是必備的，還有什麼營養液和護理療程之類等追加，原來扣除保險後順產也只是120萬韓元（8,000港元）左右。不過真正燒錢的不在醫院，而是之後的月子中心！

3. 韓式坐月

我常常跟新手人妻說，不論有什麼想做、有什麼錢想花，在第一胎的時候就要全都做，因為等到第二胎時便沒機會了，月子中心就是其中之一。

月子中心

韓國人是如何坐月的呢，首選一定是月子中心，韓文叫「산후조리원（產後調理院）」，有看過一套叫《產後調理院》的韓劇嗎？有興趣可以找來看看，完全是帝皇式的享受，試想想，生完小朋友出院便立即入住產後調理院，然後進入一日五餐飯來張口模式，嬰兒有特別團隊照顧，媽媽只需食吃喝拉睡，按時去看看小朋友、餵奶。那是多麼理想的坐月生活啊！

然而，這種舒適當然需要代價，月子中心是自費的，醫保並不涵蓋，通常以一星期或10日為單位，普通的中型醫院都會設有月子中心，分為普通房、高級房、VIP房等不同的房型。以我生產的醫院為例，一星期的月子中心普通房間費用已經要200萬韓元（14,000港元），雖然住滿一個月有折扣，但也接近800萬韓元（56,000港元）。月子中心設有各種package，如果想得到更好的享受就要加錢。若在首爾江南一些很高級的月子中心Premium Suite住上一個月便要花上1,500萬韓元（10萬港元），這價錢已經可以買一輛全新的Kia Ray了。所以韓國的平民百姓們一般只會住兩星期，然後回家再請陪月幫忙照顧，陪月一天的薪水只需10至15萬韓元（700-1,000港元）左右，還可以申請政府資助呢。

先不論平貴，我覺得住兩星期是必需的，產婦也需要點時

Chapter 3

間回回氣，之後才有力照顧小朋友吧。後來我聽幾個新手人妻分享，覺得住月子中心很悶，因為丈夫不能每天陪伴在側，身邊都是韓國人，電視上都是她們不認識的韓文，悶得發慌，想早點回家云云，「又貴又悶，早知就唔住啦！」，真是太年輕了，騎驢不知趕驢苦，飽漢不知餓漢饑。

韓國陪月姨姨

這種天堂級的享受並不屬於我的，只能歸咎於同一個原因：太天真！在全無經驗的情況下，我太依賴身為韓國人的丈夫，到醒覺男人不靠譜時已經太遲。當時丈夫覺得奶奶可以幫忙買菜煮飯，另外再請個陪月，那就很足夠了。的確，我也是這樣想，結果輕敵了。第一胎時不住月子中心，第二三胎時也不是不能住，但要先安排孩子找誰照顧已是一大難題，所以最後只能放棄，這也是我在韓國生活的一大遺憾啊！

三次生小孩都是回家自己坐月，沒有四大長老，只請了韓國的陪月。

我三次坐月期間，都沒有找媽媽來韓國幫手，只請了韓國的陪月來家中照顧小朋友。韓國陪月跟華人社會的那種不同，韓國人的坐月不重視藥材和藥膳，也沒有薑水洗頭的講究，他們只是照顧小孩、做家務和煮普通飯菜，星期一至五朝九晚六，一刻也不會多待，也不負責購買食材，甚至如果要求他們離開家到樓下幫忙買點東西做點事（如接小朋友放學）的話，需要額外收費。所以只能當她們是一個比較會照顧初生嬰兒的家務助理。幾年前兒子出生時的陪月，一天只需10萬韓元（700港元）左右。

問題在於每晚6點後到翌日9點這段時間，我便要靠自己了！星期六日陪月放假、丈夫上班的時候，也是要靠自己！至於當初說好的奶奶呢？只出現過一次，然後我在餵奶期間太忙沒留意到她，她就生氣了，沒說一聲就走了，再沒出現過。那買菜怎麼辦呢？丈夫一天上班十二個小時完全沒有時間理我，當時我還有點公主病吧，我以為就算丈夫和奶奶不在，也會有人為我解決。那次也是我第一次感受到，可以幫到自己的人，永遠只有自己。

第一次上網購買食材

陪月每天一來到便打開雪櫃然後告訴我今天會煮什麼菜式，她是看到什麼就煮什麼的，到了第三天左右，雪櫃裡的食材吃得七七八八，她就問我為什麼沒有買食材呢？然後教我如何在APP上購買新鮮食品，當時還沒有Coupang，只能在樂天超市的APP下訂單。從此，我才醒覺到什麼是叫靠自己，人在

Chapter 3

外，別人不是奉旨一定要幫你的，能受萬千寵愛眾星捧月，是幸運；不能的話，是常態。那麼，你要繼續自怨自艾，還是自強不息？

跟香港一樣，如果陪月選得好，真的可以很放心，幸好我三個陪月都很正常，對家務非常純熟。後來到了第二第三胎，雖然坐月時還要照顧老大和老二，但卻愈來愈熟手，可能是那種「坐月就是女王」的心態已徹底消失了。

至於月子餐方面，只能吃韓式的，跟港式的大不相同，韓式月子餐以海

韓國陪月做的韓式坐月餐，比香港的簡單得多。

帶湯為主，海帶含有豐富的碘和鈣，有助排出惡露，所以對剛生產完的媽媽最重要，第一個星期吃足一日三餐！都市傳聞指韓國女人在生產後需要吃三個月海帶湯，但這其實不一定的，也可以食用其他含有豐富蛋白質的食品：人蔘雞、牛肋骨湯、魚湯、濕烤牛肉、鮑魚粥等，非常多樣化。韓國陪月教我，什麼都可以吃，平時的小菜冷盤也可以照吃，就是不能吃辣，泡菜的話她們會先用水洗去紅色的汁醬，或只吃沒有放辣椒粉的白泡菜。

放下執著

　　韓國人沒有藥膳、薑水薑茶、一個月不洗頭等的坐月概念，但始終是亞洲文化，有些習俗還是相通的。孕婦產後也會著重保暖，陪月會不時叮囑我要穿襪子和長袖外套，其中一個陪月更自備了暖水袋，為我暖腰和暖肚子。如果真的很想用藥材補身的話，可以找個韓醫開藥，韓醫跟中醫一脈相成。有些在韓港人堅持什麼也要跟香港那套，將香港的中藥、湯水照辦煮碗搬到韓國，甚至連煮薑醋的薑和醋也請家人冒險帶來韓國，這種執著比較是心理上的慰藉罷了。世事萬物皆有替代品，只看你能不能接受，看看生完孩子的韓國女人，世世代代也是這樣坐月啊，入鄉隨俗又有何不可？

　　但這樣只有陪月幫忙的日子，每到夜闌人靜時就是心靈最脆弱的時刻，身體疲憊，其他人卻睡得香甜，那種就像世界只剩下我跟小孩兩個人相依為命的孤獨感，在半夜小朋友哭醒扭吃奶的時候最為嚴重，而我的解決方法是叫炸雞吧！用美食來紓緩情緒，對我來說是很奏效的。所以說，如果可以住月子中心歎世界，為何要委屈自己呢？

Chapter 3

4.幼兒園／幼稚園初體驗

　　韓國沒有外籍傭工，如果想請個傭人在家中過夜24小時on call？可能只有有錢財閥們會這樣做吧。普通家庭想以最低工資請個朝九晚六的傭人，按2024年韓國的最低工資計每小時9,860韓元（70港元），一星期上班六天的話，一個月便1.5萬港元！然而即使是韓國的中產們，好像也不流行請長時間在家stand by的傭人，不習慣整天有外人在家，他們反而會請鐘點來打掃，更為方便。那麼，沒有四大長老的話，小孩該由誰來帶呢？

　　我們會將小朋友送到幼兒園。

小兒子入讀的幼稚園，地方大得像小學一樣。

　　韓國幼稚園是3歲至6歲小朋友的學前教育，而幼兒園的教學對象則是0至3歲小孩，有的幼兒院在小朋友三個月大時便可以入學，其實就是育嬰院吧。不過，三個月大的學生其實不多，但半歲到1歲的就大有人在。這樣的bb班，由一位老師看顧兩個小朋友，半歲到1歲的班每班最多才四五人，正常每天4點便開始放學，如果父母都要上班的話可以申請延長保育時間，有些幼兒園可能到晚上8點才打烊。

在大女兒出生後三個月，我便重投職場，待她六個月時便進了這類幼兒園。這種育嬰式幼兒園的規模比較小，通常設於屋苑一樓的單位，跟其他三房兩廳單位無異，稍作裝修下申請牌照便可以做幼兒園了，所以也沒有什麼教育可言，就是去吃飯吃茶點午睡然後玩一整天便放學去！不過最令人擔心的，始終是那麼年幼的小朋友不懂得表達自己，被人虐待該怎麼辦？這也是韓國不時會出現的問題，幼兒園要選間有熟人、有口碑的，我們選的那間由奶奶的朋友開設，姪女也讀過，比較放心。

幼兒園計分制

幼兒園走的是計分制，雙職家庭會高分一點，我們家是雙職、多子女、多文化（有外國人的）家庭，高達800分（目前見過最高的是900-1,000分的，單親、低收入家庭會再加分），所以我的子女基本上是只要提交申請表，幼兒園就必收，然而一般非雙職非多子女的本地家庭，可能只有300分，就要排waiting list了。

這樣的Working mom狀況維持了大半年，我愈來愈覺得疲憊。因為幼兒園位於奶奶居住的屋苑，每天要跟大女兒坐20分鐘巴士上學，之後又要坐巴士到地鐵站轉車，下班後又要重複一樣的路線接大女兒回家，不停地鐵又巴士的，回到家已經是晚上8、9點，小朋友也非常累。結果我只工作了一年，就跟很多韓國女性的共同命運一樣，辭職回家當全職主婦了。

幼稚園的種類

到了小孩3歲便要選幼稚園，韓國的幼稚園分為公立和私立，兩者差別在於免費和收費，私立幼稚園學費最便宜的約13萬韓元（900港元）一個月左右，貴的則是30至40萬韓元（2,000至3,000港元）一個月不等，不過收費與否不是重點，最主要還是看幼稚園是用什麼教育方式，有的是以遊戲為中心的教育，有的是以學習為中心的，也有藝術和運動為主的叫스포츠단（體育團），另外還有英文幼稚園，不過英文幼稚園並非主流，有點像國際學校用英語教學，而且每個月的學費不便宜，於是平民們如我，都希望能入讀公立和私立幼稚園。

很多韓國小朋友，半歲起已經會上幼兒園。

然而，韓國的人口分佈是極不平均的，全國5,000萬人口，有2,600萬人擠在首都圈，而首都圈內有小朋友的家庭，又擠在新都市和新發展區，可是幼稚園、幼兒園和中小學卻又平均地散佈在每區，於是一些老化地區人口漸少，幼稚園要搶人甚至殺校，另一邊廂新都市中小學幼稚園卻學位緊張，幼兒園是計分制，分數較低的學生就只能排隊排到天荒地老了。

幼稚園抽籤制

　　和幼兒園不同，幼稚園走的是中央抽籤制，不需要面試，每人有三個志願，交表後就要等抽籤了，新都市的幼稚園四五歲班都只收十個八個新生，甚至沒有學位，中途想轉園又或新搬來想做插班生的就更困難，要讀到心儀幼稚園就如中六合彩一樣。不過這樣也好，小朋友不用受面試壓力，就算多天才，也要跟其他人一起「大抽獎」，不需要在這個年紀就被迫贏在起跑線。

　　幼稚園一樣晚上7至8點才打烊，所以雙職家庭可以很晚才去接放學，不過真的會在幼稚園待到關門的小朋友其實不多，因為要看老師面色啊！其他小朋友都放學了，只剩下你的子女待到最後一刻，不只老師慘，小朋友也不好受吧。大部分家長會請外面的跆拳道班老師，將小朋友接去學跆拳道，不會留小朋友在幼稚園等到關門。在韓國有孩子又想出去工作的媽媽要考慮的事真的超多，在香港有傭人幫忙的媽媽真的好幸福啊！

Chapter 3

5. 小學分類大不同

　　大家去明洞觀光時，有沒有發現在很有名的大使館換錢店前，有一間韓國漢城華僑小學，上面寫的是繁體字？可能因為見到繁體字所以特別有親切感，於是有朋友問我，我的孩子們是不是就讀華僑小學呀？我們又是不是華僑呢？

華僑 vs 朝鮮族

　　華僑指的僑居海外的華人沒有錯，但這跟海外華人有點分別，在韓國被稱為華僑的人，幾代以前已定居韓國。在韓國來說，中國人可大致分成三種，一是最常見的，來韓國讀書工作或移民；第二種是朝鮮族，即本身是韓國人，但昔日戰亂時逃到中國生活，在東北延邊生活了幾代後，又因經濟原因申請來韓國找工作，他們使用簡體中文和擁有中國國籍，但韓國政府發出專門的簽證讓他們來韓國「一家團聚」，他們亦較容易申請永住權或入籍。不過朝鮮族的韓文口音很重，有些用字也跟主流韓文不一樣，一開口便聽得出，加上他們的文化和生活習慣也比較像中國人，過往也有過不少負面新聞，所以韓國人對他們的印象較負面。而第三種，就是以下介紹的韓國華僑。

華僑學校

　　韓國華僑，是指19世紀初韓國開關早期，便來韓國定居的中國人，由於當時中國仍然是民國時期，所以他們拿的是台灣護照，用繁體中文，但普通話口音沒有台灣腔，反而很北方，他們有自己的一套文化也有自己的圈子。在仁川中華街住了很多華僑，他們的祖先在百幾二百年前來韓國開設第一代炸醬麵店。由於已在韓國生活數代之久，所以他們的韓文流利沒口音，

跟一般韓國人無異。而這些華僑學校是屬於國際學校類，以前主要供華僑子女就讀，現在放寬條件如下：

1. 華僑子女

2. 外國人的子女

3. 韓國籍但在曾外國生活三年以上

由於韓國華僑愈來愈少，有些城市的華僑幼稚園也會開放予韓國本地人入讀，即使不曾在外國生活亦可，幼稚園一個月學費40萬韓元（3,000港元）左右，小學的話一個月則120萬韓元（9,000港元）左右。十年前，韓國還沒有因為導彈防禦系統問題得罪中國時，韓國人還很看重中國市場，有些本地家庭會讓小朋友從小入讀華僑幼稚園，長大後再去中國或台灣留學。以前我家還在仁川中華街時，便有位鄰居大老遠從首爾搬來，只為了讓兒子上中華街的華僑幼稚園。但這個熱潮現在好像冷下來了，畢竟韓國人已經歷過不知多少次的中國抵制韓國運動，中國人對韓國人是左一句捧子（對韓國人貶意的稱呼）右一句小偷（揶揄他們偷中國文化），而韓國人也叫中國人做「짱깨」，互相鄙視。

話說回來，如果香港人或韓國人想子女入讀華僑學校，通常會先考慮日後的升學問題，如果外國籍的小朋友未有韓國籍，可以用外國人身份考入韓國本地大學，這種方法的確會比韓國人更容易考進，但如果是已經擁有韓籍的小朋友，韓國的大學其實並不承認華僑學校學歷，所以較合適到海外升學。撇除學

費考量，長遠要想想自己是否有足夠的財政能力供他們去留學，又或有沒有回香港定居的打算？沒有這個想法的我，還是平凡點選本地小學好了。

大女兒的家長觀察課堂，進入教室觀課，像電視劇看到的一樣。

韓國公立小學

　　雖然同為亞洲地區，但無論是韓國的私立或公立小學，都跟香港的大不相同。韓國小學教育以快樂學習為主，沒太大功課壓力。曾聽說移民到英國的港人家庭，家長抱怨當地的小學「跟想像中很不一樣」，最後決定回流返港。原本移民到外國是「為子女教育著想」，誰知，外國不但沒有功課、也不用背誦、不用考試……「咁點樣讀得好書呀？」。事實上，很多國家的小學都是這樣的，只是見識限制了我們想像。韓國的小學都會在課堂上完成功課，我在一年一度的家長觀課中看到他們在上堂會用上很多遊戲、多媒體學習、合作和討論、發表等去了解學習內容，默書考試不多，三年級至六年級有學習評價，但很容

易過關，年尾的評價表上不會有成績顯示，如果真的跟不上進度的話老師會另外相談，實在比我們以前在香港念書輕鬆得多！

韓國自八十年代起實施教育改革，現在所有大中小學都會

公立小學的低年級沒有功課，上堂以討論和遊戲為主。

韓國的幼兒園到高中都有免費午餐，這種給食制度由八十年代末開始。

Chapter 3

自設廚房和食堂，低年級在中午飯後再多上一節課，約一時左右放學，而高年級則會再多一堂，然後就可以自由參加由學校辦的「放課後教室（방과후교실）」，即是一些興趣班，每天都不同，一個興趣班學費每個月3至4萬韓元（200至300港元），可以學習電腦、漢字、K-POP dance、足球、陶藝、音樂、烹飪等不同課程，到三時多就放學了，回到家不用做功課或溫默書到天荒地老。

韓國私立小學

大部分韓國家庭都會選以上提到的公立小學，學費全免。至於中產家庭則會送子女入讀收費的私立小學，不過韓國的私立小學較少，例如我所居住的城市仁川就只有五間，私立小學會根據課程的不同，學費由每月70萬韓元（5,000港元）到120萬韓元以上（1萬港元以上）不等，也有些會提供國際課程。相比起公立小學三年級才開始學英文，私立小學一年級起便有英文科了，也有全英文教學的私立小學，而他們的課外活動也更多元化更高級，例如騎馬、小提琴等，至於暑假旅行則可能是夏威夷英文遊學團，這就是階級的氣味啊！

但換個角度想，如果到外面補習班學齊鋼琴騎馬英文奧數，一個月也可能不只70萬韓元吧，而且讀私立小學一應俱全，更實行小班教學，有外籍英語老師坐鎮，算起來也相當超值呢！近年韓國私立小學也很受中產家庭歡迎，即使能負擔到學費也未必能讀到心儀的私立學校，因為又是要抽籤的。

6. 瘋狂的補習文化

　　前文提到韓國的小學生功課不多，考試默書也較香港少，但傳說中的韓國不是考試和職場地獄嗎？不早早贏在起跑線上，如何面對日後的競爭？

　　韓國的補習文化從小學開始，到中學加劇，沒有好的成績就考不到好高中，更考不到好大學。丈夫曾說，如果讀不到首都圈或大城市的重點大學，倒不如退學找工作，不要浪費金錢時間，所以韓國人也是有起跑線的，只是不像香港要由幼稚園起就跑得那麼辛苦。

教育差距

　　韓國的媽媽們也深明這個道理，所以一般幼稚園時就要開始學習了，最晚的也要從小學起送小朋友去學院學習不同的東西，緊湊起上來可以由放學後一直補習到7、8點才回家吃飯。如此說來，其實贏同輸，從一出生就決定了，富有家庭的小朋友學習資源多，窮困的家庭則不會去補習，在韓國這叫「교육격차（教育隔差）」，貧富懸殊以致教育差距，也決定了小朋友未來的職業路

韓國小學沒有功課測驗也少，但小朋友會上不同的補習班彌補。

向，最終貧者愈貧富者愈富。

我曾住過仁川市內市民收入中位數最低，被稱為仁川「敬老堂（경로당，即老人中心）」的仁川東區，由於人口老化，是個等待再開發的地區，所以沒有很多年輕家庭願意搬到這裡，小朋友也特別少，漸漸成為了市內最多基層家庭的地方。由於小朋友人數少，所以小朋友得到的政府支援會較多，但基層家庭始終無法投放太多個人資源，所以學習氣氛全無。我的大女兒正就讀小學，閒時會去學琴、學水彩畫、學K-POP dance、學游水，就跟一般香港小朋友差不多，一年還可以到香港和澳門一兩次，跟同區的同學相比，已經非常不錯了。

重視補習

但當我計劃搬到新市鎮時，便感受到當區的學習氣氛截然不同。當區學院不只琳瑯滿目，屋苑的媽媽Group已討論到念哪間學院選什麼中學，她們明顯地著重學術性而非興趣班。小

大部份補習社放學，都會有這些黃色的學院車接送小朋友回家。

朋友去補習英文、數學、韓文及中文好像已是必須，有位同屋苑的韓媽說，就算你花不起這個補習錢也得花，因為全間學校的學生都去補習，你不補，追不追得上成績的問題事小，最重要是跟同學間沒共同話題，被人感覺低人一等，很容易被排擠，又或是跟同樣不補習的小朋友混在一起變成小混混……說到底他們的思想根深柢固，沒有錢去補習，永遠不會出頭。

我個人覺得這想法是十分膚淺，誰說補習會包考入首爾大學呢？育成優良靈魂的主要材料是愛而不是金錢！不過，如果身陷其中，作為家長的你又會如何呢？幸運的話能省點錢，不幸運的話隨時受到校園欺凌，所以在某程度上可能也要隨波逐流。

韓國每一屆政府都說要解決這個「사교육（私教育，即補習）」的問題，但路途卻非常艱辛。2023年新總統上任後，便在韓國高考（修能考試）前夕搞了一場「取消killer問題」的大龍鳳，令人覺得是在改變出題的方式和評價基準，結果令全國高考生和家長們陷入恐慌，進一步加深了人們對補習的依賴。據韓國東亞日報報道，2023年韓國中小學全體學生總數減少了，但補習費卻增加到27兆韓元（1,500億港元），創有紀錄以來新高，全國有參與補習的學生達到78.5%。首爾每個學生平均每月的補習費為62萬韓元（4,200港元），難怪出生率會這麼低。

1. 平有平養：補習的替代方式

無論多麼重視教育，若按照上文所講，首爾每個學生平均每月的補習費約60萬韓元，我家中三位總共就是180萬韓元（12,000港元），另外還要供樓、供車、生活，做人父母真不輕鬆！難道全韓國的父母人人都能承到這個沉重負擔？來看看數據，據韓國央行的統計，2023年韓國人均收入中位數為33,745美元，即一個月22,000港元左右。其實基層不等於一定寒酸，也有很多價錢相宜一點的學習方法！

多文化家庭支援

外國人家庭中每位幼稚園到小學的學生，都可以申請一次為期80小時的上門補習服務，有多文化老師為其指導學習，如果是不懂韓文的學生就以韓文學習為主，像我的孩子們在已經懂韓文的情況下，多文化老師就會指導其學校韓文、數學、英文、社會及韓國史等等，一星期兩天，每次90分鐘，讓子女更能適應韓國小學的學習。幼稚園生當然也可以申請，但就會變成老師來跟小朋友玩玩說說故事就走，有點浪費，所以我強烈建議小孩在小學一至二年級才申請，當作一個免費的私人補習。

共同託管中心

共同託管中心（다함께돌봄센터）是公營機構，主要提供小學生放學後的照顧服務，以低年級生為主，可以託管至晚上7、8點，其間會有學習時間，由老師指導學生做作業、吃茶點，每天還有一節閱讀課和興趣班（例如烹飪、美勞等），每月只需7萬韓元（500港元），感覺像我們小時候香港的小學全科補習班那樣。

青少年訓練館

　　由政府資助的青少年訓練館（청소년수련관）類似青少年中心，為幼稚園高班到初中學生提供不同興趣班和培訓班，星期一至五會有專門為小學高年級及初中學生而設的補習託管班，以學術為主，為小朋友複習韓英數和韓國史等科目，怕小朋友肚子餓的話更可以吃過他們的免費晚餐後才回家。

大女兒很喜歡跳K-POP dance，在青少年修練館學了一年，略有所成。

超市的文化中心

　　大型超市如Homeplus、Emart、Lottemart都設有文化中心，可以用較相宜的價錢學到不同的興趣班，對象以幼稚園及小學學生為主，同時也有開設成人課程。若果小朋友想學跳舞、音樂或畫畫，都可以在這裡解決。一個月四堂平均都是200至300港元，所以很受家長歡迎。

住民中心

韓國每個洞（小區）都有自己的住民中心，功能就如香港的民政署，負責處理洞內居民一切與政府有關的事務，例如補領身份證，申請資助及遞交政府文件等。有些住民中心設有小學補習班，同樣是為學生指導學習以及興趣活動，一星期三天每次兩小時，收費低廉。

月費的學習機／學習APP

韓國也流行用Tablet學習，種類多元，有些需要學生每月每日按時完成不同的閱讀、短片及功課，例如純粹看書、英文和韓文打字練習，也有按科目學習。不過我會嚴選按年付款，到期會自動失效那種，聽說有些月費計劃比有線更難cut呢。

自行購買補充練習

韓國家長喜歡買大量補充作業，以彌補課堂的不足。

有次朋友向我提出一個懸念：為何在社交平台上看到韓國貴婦媽媽分享子女的讀書照時，後面的書櫃全部都是補充練習而不是圖書呢？按道理來說，一個小學生每個學期可以用到的

補充練習也不過是十本八本，需要一櫃子的補充練習嗎？那豈不是要做到天光？

其實些都只是設計圖片，不用太認真，但韓國媽媽的確很喜歡買補充練習，社交平台上也常常有團購，而團購又比正價便宜很多，選擇多又美侖美奐，有時我也忍不住先買幾個年級的補充練習放在家中，以備不時之需。由於韓國的小學功課及測驗都比香港少很多，所以韓國媽媽會以補充練習代替功課，以免學生放學後就沒事可做。

網上免費資源

留意韓國教育KOL們的社交平台，他們除了有團購，還會分享各種網上免費的教學資源，例如工作紙、讀書APP或活動等。

有人跟你說餓了，你可能先會給他一條魚，但長遠來說應該教會他捕魚的方法。補習只是一個輔助，令學生學會基本知識和考試技巧，但最核心的還是要培養小朋友自身的學習能力及好奇心，其實有很多方法可以協助他們主動尋找屬於自己的學習之路。只是一味用錢去叫別人幫忙解決問題，卻吝嗇每天花30分鐘時間跟小朋友閱讀一本書，實在是「非不能也，實不為也」，身在異地不會韓文這些都不是籍口，父母應責無旁貸。

Chapter 3

Chapter 4

第四章

韓國住屋百科

1. 首爾住哪區好？

韓國像中國？

前文提到，我第一次來韓國旅行是在中五，廿幾年前的事早已沒什麼深刻印象，只記得周圍的建築物讓我感覺到很像回了中國內地，以及元祖韓流組合H.O.T.的周邊產品，不過我卻是在很久之後才知道那個是H.O.T.（笑）。後來出社會工作，開始迷上韓流，2010年前後經常到韓國旅行，也覺得某些地方有點像當時的中國內地。

不要誤會，這絕對沒有貶低的意見！我說的是內地的二三線城市，不是北京上海。說不出兩地在哪些地方上相似，純粹是種感覺。韓國有些地方很漂亮又富時代感，一旦離開首都圈或大城市，又完全是鄉土風情。

現在我已經很久沒有到訪過中國內地，很難再作比較了。但如果長期居住在韓國，必須認真篩選居住地，不只關係到建築物的外表，也跟生活和教育質素有直接關係。

年輕人聚居地

來韓國必定會到訪明洞至東大門一帶，但這些都不是住宅區，尤其是東大門站周圍，不論是人還是建築物，都老化得特別嚴重，畢竟這些地方自朝鮮時代起已經是都城的市中心。有朋友曾說，如果去韓國只去明洞東大門的話，下次應該不會想再來了，所以更加不會住在這些旅遊區。

首爾充滿了來工作的年輕人和留學生，他們集中在大學區附近生活，我們熟悉的弘大、新村、梨大便是最傳統的香港人

居住地，首爾南面有新林、首爾大學，那裡也有很多低保證金的住宿，還有東面的建大、惠化、慶熙，這些區的小單位多，租金也相對便宜。由於是大學區，外國人也較容易找到會英文或中文的地產職員，最適合來工作假期和留學的人士。不過由於是年輕人生活圈，因此大型屋苑少又沒什麼配套，居住空間小，酒吧食肆林立，夜夜笙歌，對有家庭的人來說就有更多考慮了。

韓國「唐人街」

眾所周知，在首爾的龍山有個美軍基地，所以附近一帶的梨泰園、綠莎坪等都是歐美人士聚居地，外國餐廳和酒吧林立，很有異國風情。那麼，韓國有沒有唐人街呢？官方的唐人街「中華街」在仁川，不過只要到訪過一次就知道，完全不是那回事，全無中華氣氛，星期一至五都冷冷清清，周末則是本地人的旅遊點。這個「唐人」指的是韓國華僑，他們自民國時代至今，幾代

韓國官方的唐人街，是仁川中華街，但其實並不十分「唐」。

人也生活在韓國，早已被同化了，只剩下很韓式的炸醬麵。中國人和朝鮮族真正的聚居地在首爾的大林，整條街都是中國餐

館、東北包子餃子、火鍋和麻辣燙，還有充滿中國風情的超市，進去走一圈，也不會聽到一句韓語，是個韓國人不敢進入的小區。

首爾富人地標

江南區如三城、蠶室、清潭洞、狎鷗亭、沿著漢江坐擁有江景的，還有南山下的漢南洞都是富人區，校網也相對好，但無論租或買都是韓國最昂貴的地段，手頭資金充足的話不妨去看看，最近在YouTube上很具人氣的Lotte World Tower高層單位，是當下江南富人圈最時尚的代表作，早午晚三餐也可以room service。當然，有錢得像財閥一般的就會住漢南洞的別墅了，不會在YouTube上見到。

不過，沒有小朋友的話選擇就相當簡單，跟公司住得愈近愈好，最好是十分鐘路程的距離，完全避免了首爾上班下班時間令人頭痛的交通！

育兒必選新市鎮

跟韓國人結婚，很多時都是夫唱婦隨，一開始大多無法選擇居住地，所以在韓國的港人遍佈各地，遠至浦項、順天、扶餘等只會在韓國觀光公社網頁上看過的地名，也能找到香港人的蹤跡。話雖如此，其實韓國一半人口都住在首爾和京畿道——他們稱之為首都圈。即使生活艱難，他們也寧願住在首爾劏房亦不會歸園田居，這除了是種身份的象徵外，也因為首爾的工作機會較多，年輕人怎會不憧憬自己能闖出一片天？

由於首爾市內已充滿歷史痕跡，人多車多相當壓迫，所以很多年輕家庭都會離開首爾，尋找京畿道其他對育兒相對友好的新都市定居，而且樓價也比首爾便宜，中小學幼稚園、公園和遊樂設施、社區設施、醫院、商店街、住宅等設備都排列得井井有條，有些還有小橋流水和湖泊，非常方便育兒。發展成熟的新都市有

在韓國的新都市，育兒環境較佳。

高陽市的一山、城南市的盆唐和板橋、水原市的光教、華城市東灘、富川市的中洞、仁川的松島和青羅、金浦漢江新都市等，駕車去首爾都不用一小時，交通完善。

韓國名校區

當小朋友要升讀中學，對家長來說可能又需要考慮學習的問題，部分家庭如我，對教育沒有太大期待的話，其實新都市的學院已經很足夠了。但如果是虎媽想子女入讀首爾大學又或是到海外留學、立志做醫生律師的那種，就要看看首爾的江南、木洞、蘆原區，那裡的學習氣氛是公認全國最佳，名校和學院（補習社）的數量都是全國最多，尤其是江南的大峙洞，它是個出名的學院區，種類和數目冠絕全國，每到晚上 8、9 點的放補習時間，更會有學院的校巴一車車地送學生回家，好誇張！為

了子女的將來，有時真的要孟母三遷。

愈往山上走愈便宜

在香港，住半山是非富則貴的代名詞，但在首爾則是相反。雖然也有例外，就如有錢也買不到的北村，就是在山丘上。不過韓國的平地很多，所以大型的建築物很少在半山上興建，因此山上的建築物大多是甚有歷史、沒有電梯的 villa 或單幢住宅，泊車位少山路又窄，上下山極不方便，到了冬天時鋪滿雪的斜路格外危險，所以正常也不會想住得那麼高。我曾住在首爾大學旁邊以及彌阿站附近的山上，租金十分便宜，常常以行山作運動，令人難忘。

提起山上的住屋，舊時被叫做달동내（月洞內、月村）——自朝鮮時代後期開始，社會上的基層已經聚居在生活不便的山坡上，到了上世紀五六十年代這些月村的居住人數更達到頂峰，生活環境也變得愈來愈差。由於在山上可以更清楚地看到月亮，所以這些貧民區又叫月村，現在大部分月村都被清拆了，而仁川有個名叫「水道局山月村」的地方，

依山而建的舊式住宅，冬天的話上下斜很危險。

Chapter 4

後來變成公園和博物館，想了解更多韓國歷史的話不妨去看看。

　　無論任何，在韓國選擇居所時應避免住近再開發區域（即重建區），如果在首都圈地區看到很多老舊平房，而且十室九空的話，當區大概也離重建不遠矣，在附近居住隨時要過上塵土飛揚的生活呢。

2. 韓國有公屋嗎？

　　曾有親戚朋友來韓國旅遊，我帶他們到處逛，看到一些大型屋苑區，都會問：「咁似香港啲公屋嘅？韓國有冇公屋㗎？」的確，香港的私人屋苑設計得美侖美奐豪華奢侈，相比下韓國的私人屋苑格外簡樸，而且一式一樣。

　　韓國也有公屋和居屋這類由政府參與興建的住屋，但形式又與香港的不完全相同，單憑外表確實難以分辨。我們一般可從屋苑的名字上看出端倪，由韓國政府參建房屋的代表公司名叫「LH」（韓國土地住宅公社），首爾叫「SH」（首爾住宅都市公社），京畿道叫「GH」（京畿住宅都市公社），韓國人將其統稱為LH。十年八年前，大部分公屋的樓房上都會有LH字樣，名字也很簡單，只會在地區名或洞名後加上「LH」。月租式LH不是終身的，不同時期、不同屋苑的入住條款都不同，但需要通過資產及年齡審查，大部分都設有居住年期，十年至二十年的都有，住客只需支付比市價便宜很多的保證金和租金，到期後有些可以用特定價錢購回，也有些必須搬走。

韓國的LH，是政府的出租房屋。

Chapter 4

另外，也有些是LH公司，買入私人屋苑的整層單位，又或購入私人興建的單幢平房，然後出租予合資格的市民，所以偶爾會遇到一些私人屋苑中有幾層會是出租LH，所以說韓國的公屋很多元化，不能單憑地點及外表去判斷。租賃式的LH供韓國國籍人士申請，外國人結婚移民或永住權的特定情況下也可以申請，但買賣式的LH就只供韓國人申請。

韓國居屋受歡迎嗎？

　　銷售型的LH，可以理解為香港的居屋，樓花買入價較便宜，大約是市價的八、九折，所以很受年輕家庭喜愛。這種買賣型LH在十幾年前稱為Humansia，近幾年興建的叫Andante或Breeze Hill，也有些叫新婚希望Town。不過，近來有不少入住者抗議，由於這些屋苑被標籤為LH，讓他們感覺低人一等，同時也影響樓價，於是現時有些樓花在落成前便已改名了。這也是韓國樓花的有趣制度——如果經過投票，支持改名的業主佔大多數的話，該屋苑就可以改新名字，通常會改成承建商的名字，由於LH的承建商大多是市面的大型發展商，所以改為承建商的名字就最安全了！但其實這也只是自欺欺人，因為韓國的樓價升幅很多時是根據原本最初發售價、品牌以及地點去決定的，絕不是名字的問題。改名只是讓業主自我感覺良好的藉口。如果LH位於優越的地區，即使不改名也有價有市，江南紫谷洞的Breeze Hill就是個好例子，現在的樓價比樓花購入價升了十倍！

　　我在韓國曾住過私人樓和居屋，LH設計平實，屋苑設施也

較私人樓少……Kids cafe、住民Guest house、溫習室、健身房等未必齊全。而近幾年LH公司爆出不少醜聞令人垢病，其中最轟動的是在仁川검단有個正在興建的LH地盤，其地下停車場突然倒塌，經調查發現該屋苑由最初的圖則便已出錯，整個停車場更全無鋼筋，當他們全面調查興建中的LH屋苑時，更發現有十幾個屋苑的鋼筋數量不足，令市民對LH出現信心危機，正在出售的屋苑也因而滯銷，不再像以往般受歡迎。

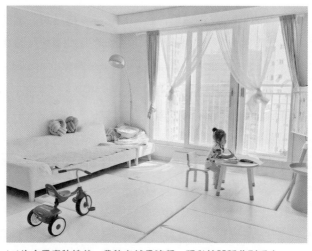

LH也有買賣的樓花，我的家就是這種，跟私樓間隔分別不大。

Chapter 4

3. 韓國住屋入門版：考試院/Oneroom/Officetel

考試院

年輕時剛來到韓國，我住的是考試院，即類似劏房的住宿，房間極小，大約只放得下一張單人床和書桌組合櫃，有些房間沒有內置洗手間，需要使用共用浴室。不過由於不用保證金，租金相對便宜，一個月只需40至50萬韓元（2,800至3,500港元），而且即食麵、泡菜和白飯一般都是任吃的，所以也不擔心餓壞。

考試院就只放得下一張床，一個衣櫃和一張書桌，行李箱也不知放哪裡好。

考試院是韓國獨有的產物，跟香港規劃得「三尖八角」的劏房不同，考試院很四正，在建築或裝修時便已規劃好會做考試院，不會出現廁所上面有張床之類的奇怪設定。在舊時代，人們想過上好生活，便紛紛來到首爾讀書、考公務員、考資格證，這些考試往往要花上數年時間，考試院便應運而生，為廣大清貧學生提供一個相對獨立安靜的環境，學習和準備考試。考試院在大學區或學院區特別多，鷺梁津就有個以考公務員考試而聞名的考試村。

Oneroom 和 Officetel 的分別

不過，即使是彈藥不多的年輕人，對住屋可能也有點要求，所以愈來愈多人會選擇oneroom，因為考試院實在太壓迫，而

且很嘈吵，連隔壁的人講電話都聽得一清二楚，加上中央空調冬凍夏熱，除了學生較多的大學區外，其他地區的考試院愈來愈淪為低收入人士的聚居地。

　　如果是大學生的話，還有一個選擇──下宿，形式類似sharehouse，單位內每個房間都可出租，業主會打掃公共空間及提供一日兩餐，十分溫馨！不過多數只會出租給學生，非學生的話還有oneroom和officetel可選擇。

oneroom顧名思義是一個小小的房間，內有開放式廚房和廁所，空間感較大，私隱度也較高。另外也有1.5 room和2 room，1.5 room會分隔開廚房跟睡覺的地方，2 room即是有兩間房，但這些房間都需要住客自行添置

我之後搬過去oneroom，立即寬敞許多。

家具。officetel跟oneroom相似，不過樓宇用途是商住兩用而不是住宅，是可以用來做office的小房間，屋內通常已有衣櫃書桌雪櫃洗衣機上網等設備，officetel月租較oneroom貴，也需

要另付管理費8至10萬韓元（500至700港元）不等。兩者都需要保證金，普通500至1,000萬韓元（3.5至7萬港元）左右。

比考試院更小的住宿

如果韓國考試院等於香港的劏房，那麼韓國的쪽방就是香港的籠屋！有人將쪽방譯為「片房」、「蟻居房」，當考試院月租4、50萬韓元（2,800至3,500港元）時，蟻居房月租只需20到25萬韓元（1,400至1,800港元），敦義洞、昌信洞、南大門5街、永登浦洞、東子洞是首爾五大蟻居村，合計居住人數超過3,000人，大多是老人、殘疾人士以及超低收入人士。蟻居房跟考試院亦大有分別，考試院雖然空間小但管理完善，有人打掃，提供基本家具電器，又有食物供應，住客多是年輕人；蟻居房不只細，還陳陳舊舊，不只沒有家具電器，甚或連水電也沒有供應，更不用說冷暖氣了，生活環境極惡劣。不過一般人很少會接觸到這些地方，韓國傳媒也鮮有報道，在普通地產仲介也無法找到放盤。這些蟻居人就像是韓國社會中，消失了的存在。

屋搭房和地下室

在韓劇中經常會看到那些韓國獨有、舊式 Villa 的屋搭房、地下室，新鮮又有型，而且租金十分便宜！在我剛到韓國時也想住一下，體驗猶如活在韓劇中的生活。但其實這些都是韓國的基層住所，初來韓國時我跟韓國朋友說想找屋搭房，怎料立即被勸阻，冬冷夏熱又要走到頂樓，連本地人也避之則吉。後來我租住了弘大的一處地下室，便宜歸便宜，最令我難以忍受的不是濕氣，也不是空氣不流通，是「돈벌레」（蚰蜒），一種韓國常見的昆蟲，像蜈蚣一樣腳超多，又細又長，爬行速度極快，經常出沒在地下室。雖然大家都說牠是益蟲，又說牠喜歡吃蟑螂卵，見到牠的話就不會有其他害蟲了，但蚰蜒的外表實在太嚇人，無論怎樣封好門窗，牠們也能潛入家中，避無可避。

單身時還可以忍受以上的生活，但結婚後有了家庭，轉為居住在新式 villa 或 apartment（韓國簡稱아파트 apt/apart），生活舒適得多，完全升了一個 level。

Villa 是什麼？

韓國的 villa（빌라）不是指別墅啊，而是單幢平房，舊式的 villa 沒有電梯，大多只有三至五層高，一梯兩伙，三房或兩房兩廳，客飯廳特別細小，有的幾乎一進門便對著兩個房間的門口，冬天的話水管有可能會結冰。新落成的 villa 設計較實用，房間和客飯廳都是正常大小，樓高更會有十幾二十層，室內設計跟 apartment 相似，有的名字不再叫 villa，而是 apart-tel（officetel 跟 apartment 的合體），或 apt 型 villa，升了級

似的。然而，如何美侖美奐也好，由於建造的外牆物料參差，villa有時候會比較潮濕，隔冷熱能力較差，牆身亦容易發霉。另外，villa始終是單幢式，又或商住兩用（即下面是店舖上面是住宅），就連最簡單的兒童遊樂場配套也欠奉，停車場用的是自動泊車電梯，在生活上諸多不便，所以不論是價錢還是受歡迎程度也較低，如果想要買樓自住又不忘保值的話，apartment才是首選。

最受歡迎地產商

韓國的單幢住宅叫Villa，舊式的Villa外表有點像香港的村屋。

在香港，屋苑名字和外表都很多樣化，而韓國則死板而統一。韓國的大型屋苑叫「아파트（apart）」，雖然有不同的建築商，但風格和單位圖則大同小異，而且名字大多只是建築商的名字，頂多會加上地區洞名。例如位於明洞的Lotte Castle就叫明洞Lotte Castle，如果在明洞的一個公園旁邊，可能就會叫明洞Lotte Castle Park View，在大型湖水公園旁邊的就

叫Lotte Castle Central Park，在一個山旁邊的就是Lotte Castle The Forest，如此類推。而品牌也決定了階級，2022至2023年韓國人最喜愛品牌，榜首有Hillstay、Prugio、e편한세상、The Sharp、Lotte Castle、자이等，如果是著重階級觀念的地區，入住這些人氣較高的屋苑更能給人一種「活得很好啊！」的感覺。

什麼是國民單位？

韓國的apart無論是名字、外表還是設施，甚至單位的間格，都接近機械化──沉悶而單一。不管是什麼品牌的屋苑，實用面積大多分為59平方米、74平方米和84平方米三個尺寸，都是三房兩廳兩廁加雜物房單位，圖則間隔大同小異，84是實用面積，即以前韓國人說的34坪，有時他們會說「구34평（舊34坪）」其實就是說84平方米的單位，即904呎左右。而84平方米也是韓國最受歡迎的國民單位，除了大小適中外，也因為近五年韓國政府為了抑制樓市炒風，推出不少措施，其中一項就是85平方米以上的單位設有貸款限制，利息會較高，於是人們大多只能選擇84平方米的單位了。

屋苑階級化

說起屋苑階級化，網上看到很多人評論韓國階級觀念很重很恐怖云云，我覺得也不能一竹篙打一船人，韓國有很著重階級的一群，也有人視名利如浮雲。曾看過一個說法是，貧富懸殊愈大的地方，人們就愈會用名牌、金錢等物質來彰顯自己的與眾不同，這個情況在首爾就顯而易見了，已經不是擁有幾多個名牌包包的鬥爭，就連住在什麼品牌的屋苑，對他們來說都

Chapter 4

可以是場心理戰。

仁川的松島，是仁川市內樓價最貴的地方。

例如仁川的松島是個富人區，因為北面樓價較便宜，所以島上南面湖水公園一帶的人看不起北面的人，我在媽媽群組中聽過，住在 The Sharp（人氣屋苑）的媽媽們不想子女跟住在쯍림아리원（人氣低屋苑）的小朋友交朋友，也會用子女報讀多少個補習班來衡量他們家庭的富裕度，一切都在於一個「錢」字。若然離開新市鎮、離開富人區、離開學習氣氛特別濃厚的地區，階級情況便沒有那麼嚴重。畢竟人有千樣百樣，有些韓國人喜歡小朋友讀 happy school，有些人帶著小朋友一起「歸農」。追名逐利還是歸園田居，有選擇才是真正活著。

住 House 其實不難

資金再充裕點的，可以住獨立屋，在一些新市鎮會有一整個獨立屋小區，例如京畿道廣州、水源、仁川青羅等地方。不過要住到這種級數，可能需要十幾二十億韓元以上（700 萬港元起，對香港人來說也不貴啊~）。

比獨立屋便宜點的，可以選townhouse，是一些屋苑式的獨立屋，一個屋苑有數幢到二三十幢不等的獨立屋，每幢兩至三層，有花園和天台，但面積不算大，可能跟一個84平方米單位差不多，即900至1,000呎左右。這類townhouse可能只比大型屋苑貴一點，但就可以住在獨立屋，感覺也不錯呢！

然而，對香港人來說很吸引的獨立屋，韓國人卻持相反意見，問題在於維修，空間大維修的地方自然更多，想到退休後還要擔心外牆跟水管老化等問題，還是住在apt比較安心吧。另外，清潔問題也很重要，韓國沒有外籍傭工，鐘點傭工的清潔範圍有限，收費也不低。不過如果住在獨立屋，小朋友可以隨意跑跳，不用擔心被樓下投訴，也是一個很大的賣點，可說是各有棒場客。

5. 如何在韓國找房子？

　　沒有長住簽證的外國人可以在韓國買樓嗎？答案是可以的，購買指定地區的apartment，可以做永住權F-5簽證，屬投資移民的其中一種。那麼沒有簽證的外國人可以租屋嗎？這就有點難度了，一般租屋契約為兩年，業主會要求租客持有外國人登錄證，沒有的話就要找些不用立租約的住宿，例如考試院。

　　在韓國找房子，透過不動產是最直接的做法，在你想住的地區或屋苑附近找一間不動產就可以。首爾市內不少不動產職員都會說中文或英文，尤其是大學區或外國人多的地區。但如果找不到會說中文或英文的不動產，建議找個翻譯一起去看樓，始終會說韓文的話可減少被欺負的機會。不動產是不成功不收費的，中介費受政府規範，6億韓元以下的交易，中介費大約為買賣價/保證金+租金的0.3至0.6%，而一般最常見的5,000萬至1億韓元的租樓中介費上限是30萬韓元（2,100港元）。

實用APP和詞彙

　　如果想對房子有個大概的認識後才去找不動產的話，不妨去Naver不動產網頁看看。韓國有幾個比較出名的找屋APP，例如Zigbang、Dabang、호갱노노等等，我自己較喜歡Naver，Naver等於韓國的Google，安全性和可信性較高，他們較少用假照片作假放盤，而且如果下載Naver APP看他們的不動產，可以直接使用APP內的翻譯功能，將韓文翻譯成中文，準確度也不錯，就算韓文初級，也不會一頭霧水。

　　當然，Naver不動產只是個平台，只有少數是免中介費的業主親自放盤，大部分都是地產經紀們手上擁有的樓盤，然後

用 Naver 作為一個宣傳的平台介紹出去，所以最後也是需要聯絡地產經紀去看樓，需要給中介費。不過可以預先看到地產經紀的照片、公司和電話，是否持牌也有跡可尋。然而需要有心理準備，有些地理位置很好但便宜的樓盤很可能是虛假資訊，引誘你查詢才告訴你那個樓盤已經沒有了，再介紹別的，但我還是建議透過經紀進行租買，因為一個持牌的經紀可以為你解決很多問題之餘同時受法律約束，在合約、金錢上都更有保障。

用 Naver 不動產來找房子，很方便。

其他的重要詞彙：

월세/전세（月貰/全貰）：月租和全租。如果是月租的話通常需要保證金，月租「500/50」意思是「500萬韓元保證金，月租50萬韓元」

융자（融資金）：可以看出這間屋的貸款是多少，貸款比例愈高，就愈要小心，說明業主是職業投資者，不返還保證金的風險會較高

관리비（管理費）：oneroom和villa一般5至8萬韓元，officetel 8至10萬韓元，apt則15至30萬韓元不等

세대수（世代數）：戶數

대단지（大團地）：大型屋苑中如果超過1,000戶的就叫大團地，

通常是大型發展商才有能力興建大團地，所以質量較有保證，管理費也較便宜

역세권（驛勢圈）：近地鐵站的叫역세권；地鐵上蓋的叫초역세권（超驛勢圈），如果附近有兩個地鐵站的叫더블역세권（double驛勢圈）

층 / 향（層 / 向）：層即是幾多樓，韓國的1樓等於香港的G樓。而「向」跟香港「坐北向南」的「向」意思相同，韓國人買樓也是向南最好

학군（學群）：學區，學區好的地方價錢會較貴

올수리（all修理）：在上一任租客搬走後已做好維修，重新貼過牆紙，整體狀態都較好的房子

我家屋苑的健身房，如果申請使用的話，費用會包含在管理費之中。

6. 韓國獨有的全租房

全租的潛台詞

　　金秀賢的電視劇《淚之女王》中,在男主角還未知道女主角是財閥家的大女兒時,常常跟她強調:「我家不是月租,是全租的。」這裡如果不知道全租是什麼的話,很難 get 到笑點。

　　韓國有一種獨特的租樓方法叫전세,漢字叫全貰,因為「貰」這個字不常見,所以我們習慣上叫它做全租。全租、月租,意思很容易明白吧?月租就是我們經常接觸到的,先給上期下期(韓國叫保證金),然後每月再交一份租金給房東。而全租,就是只需要給保證金,當然這份全租保證金比月租的大很多,可能是幾十萬到幾百萬港元不等。所以跟別人說「我的房子是全租的」,潛台詞是「我都有啲錢㗎!」

　　全租的租約期間,不用繳付月租,直至搬走時,房東還會將保證金還給你。如果保證金真的能拿回來,那房客不是沒有付過租金嗎?真的是這樣嗎?天下真的有這樣的免費午餐?

全租歷史悠久

　　全租的由來有很多說法,根據東亞日報報道,引述昌原大學教授的論文,全租的前身來自高麗時代的「典當」制度,原來是這樣久遠的一種事物了。後來到了 1876 年江華道條約之後韓國開關,在國內最主要的港口釜山、仁川等地房價暴漲,當時只有上流社會用得起銀行,一些平民買了房子沒錢付清,也不能跟銀行借貸,於是就想到這個方法,將房子「出租」給別人索取一大筆的保證金,先繳付買房的費用,然後再在房客退

Chapter 4

租前找方法弄錢還給房客，錢不夠還的話再找下一家全租，150年前人們的玩法竟跟現代大同小異。

起初這只是一種私人集資，沒有政府的規範和法律保護，只講求一個「信」字，漸漸地發展到1930年代，全租騙案不時發生，但大致上都在可控的範圍內，韓國人還是比較喜歡全租，因為可以省錢嘛。這個做法能一直延續下去是依靠房價持續上升，如果房價和全租價年年升，業主們便不會還不起保證金，只需要在找新的全租客時拿到比上一個全租客更多的全租保證金，到適當時機再賣出去，怎樣都會有賺的。所以由三十年代到九十年代經濟改善的時期，全租還是佔一席位的主流。

韓國的「八萬五」政策

八十年代是韓國經濟起飛得特別誇張的時期，更一躍而成亞洲四小龍，市民的收入增加了，對住屋的要求也上升，當時的總統盧泰愚主張在首爾外的一山、盆塘建立新都市，興建200萬個單位。有沒有覺得很熟悉？香港以前也有類似的「八萬五」？香港的「八萬五」遇上金融風暴後產生大量負資產，韓國的200萬政策，令國民人人都在等待新都市發展，突然就不想買樓，改去全租，於是全租金突然上漲了好幾倍，那時政府才急急立法去規範，並將一年租期延長到兩年，租期增加全租金也連帶上漲，政府愈幫愈忙，有些付不起新屋全租金的人就去自戕了，這就是所謂的「第一次全租之亂」。直至2020年韓國政府又立法，將租約期改為2+2，當時的全租金也因此加了不少，人們為何從來不會從歷史中汲取教訓呢？

第四章：韓國住屋百科

123

全租的風險

樓市蓬勃時，很多業主會갭투자（Gap投資），即全租金跟樓價差不多，得到全租金後業主補點差價就可以購買該物業，變相就是用租客的錢來替自己買樓，待樓市升值後又賣出去，自己便賺到差價了。然而當經濟不景、樓價下跌時，房東找不到租客，樓賣不出去成了負資產，就還不起保證金。這種全租價跟樓價差不多的租盤叫「깡통전세（空罐全租）」，當然也有更厲害的，全租價比樓價更貴的叫「역전세（逆全租）」，比較常見於villa和apt型villa。

既然全租看似那麼危險，為何還沒有消失呢？因為省錢！雖然要冒險，但的確能節省不少，加上全租貸款的出現，全租者不再需要真金白銀花大筆金錢，向銀行貸款就可以了，公營的HUG全租貸款以及保險，最高可以借到80%，即2億的全租，只需負擔4,000萬韓元即可，每個月只需償還利息20萬韓元左右，仍然較月租便宜幾倍，加上政府推出全租保險隱定民心，所以在短期內這種租屋方式也應該不會消失。

Chapter 4

1. 韓國買樓記

當年剛剛結婚，我先搬進丈夫的「祖屋」——一間有二十多年歷史的舊式apartment。舊式apartment在韓國很受新婚夫婦歡迎，因為價錢較便宜，大裝修後便如新屋一樣，住幾年之後再搬也不遲。但我們為了省錢，一直都沒有裝修，木地板都發黃了，廚房是綠色磚配原木色櫃，加上有花紋的牆紙，還有個令人一言難盡的廁所，甚具八九十年代氛圍。近大門有兩面窗，打開便看到走廊，這令我想起香港的家——八十年代的公屋不是都有走廊氣窗嗎？

極速裝修

那時我們以為只是短暫居住，結果一等便是三年。當時韓國樓市炒風強勁，樓價年年都升難以入手，最後只好先裝修廁所廚房想省錢，裝修可以分開做，大公司如Hanssem、Livart都有個別度身訂造的服務，我們裝修了廁所（250萬韓元，17,000港元）和廚房（280萬韓元，19,000港元），各用了兩天時間完成，一天拆一天安裝，

舊居曾經裝修過廚房廁所，全部拆除再鋪地鋪牆安裝，只用了兩天。

極快速，完全不拖延時間！之前試過換牆紙，半天完成，速度之快也讓我印象深刻。早知如此「平靚正」，結婚時就立即裝修了！

後來又過了三年，樓價達到頂峰，政府為了打擊炒風，決定加稅！我們的「祖屋」是由奶奶名義購入的，但奶奶另有其他物業，一年稅金近1,000萬（7萬港元），於是我們便在想要轉名，反正轉名的稅金也是差不多⋯但後來想想，為了這間近三十年樓齡的舊樓交重稅甚為不值，最後索性賣樓，然後全租一個臨時住處，再抽樓花。

韓國抽樓花

　　年輕家庭買樓，會選擇抽樓花（청약），因為是全新入住，多開心！私人樓的樓花比市價平一至兩成，升值潛力亦高。但我們適逢是炒風最熾熱的時期，抽樓花並不容易，因為就像抽新股一樣，必定會賺錢，很多人抽到後立即將「분양권（買賣權）」以2,000至3,000萬韓元（10至20萬港元）賣出去，仍然有價有市，因為當樓花落成後，樓價升起來就不只賺二三千萬韓元了。就這樣，新樓愈建愈多，在2022年美國加息周期開始之前，韓國樓市就這樣累積了不少泡沫。

在韓國抽樓花比買現樓便宜，很受年輕家庭歡迎。

Chapter 4

這些私樓樓花太多人抽籤了，當時的政府為了抑壓炒風，開始對部分樓花設立限制，先將抽籤條件分為兩組——新婚七年以內夫婦、三名以上多子女家庭、第一次買樓人士和跟年老父母同住人士可以優先抽籤，其餘的就只能抽餘下的單位，而且入住後三年內不得轉讓，85平方米以上的單位不能以最優惠的利息借貸等，要在樓價最貴的時候買平樓，真不容易！

幸好我們有多子女家庭的優先條件，競爭率1:1.2（單位數量：抽籤人數），如果沒有優先，最大競爭率的單位類型是1:30左右，尤如中六合彩一樣。不過到我們入住的2024年，經歷美國加息，總統換人政策放寬，新樓開始供過於求，現在才抽樓花，應該又是個不同的世界了。

兩年後才可入住

雖然還未入住，但業主們早已組織監察委員會，並開設屋苑的群組，kakao talk group內幾百人同時聊天，好不熱鬧。到後期，有些人已經熟絡，成了數個小圈子，未入住先交到朋友。會長更會不時跟承建商開會看進度，我們甚至可以投票，為屋苑改新名。

由抽的時候計起，等待兩年至兩年半後便可以收樓了。在收樓前兩個月會去驗樓，逛逛入住博覽會，參展商都是些入住所需的服務和商品，韓國人覺得必須的入住打掃、包裝搬家、中門（隔開玄關和屋內的門）、防蟲網（除了防蟲，其實也會當作窗花使用，可以上鎖而且不易破損）、隔音地墊，還有各種家

具、裝修公司、電器，甚至電訊公司，最後還有大抽獎，氣氛非常熱鬧。

　　等待的日子，永遠充滿希望和憧憬，但搬進去後才是漫長的煎熬，因為搬家打包收拾整理，費時又傷神，還有長達十多二十年的供樓生活在後頭。

Chapter 4

8. 韓國的獨特搬屋方法

　　由工作假期起計，我應該搬過家十次以上。以前住考試院或one room，沒家具沒電器，行李又不多，只需找輛貨車就完成！兩三年後，有一次由彌阿站的山上搬回平地，當時的家當已有兩大袋紅白藍、兩個大行李箱、一個小床頭櫃、一個小書櫃和小飯桌。家住四樓沒電梯，幾經辛苦一個人搬下樓，然後由貨車司機幫忙搬上車，他頗有微言：「這麼多東西，應該找搬家公司啊。」

包裝搬家

　　是的，這樣不只辛苦自己搬來搬去，搬完還要花時間收拾！這樣螞蟻搬家在韓國不常見，尤其有家具的話，一般會選擇「포장이사（包裝移舍）」或「반포장이사（半包裝移舍）」。

　　半包裝，即類似香港，搬運公司提供箱子給你自己收拾，收拾好後工人會來幫忙搬上車，載到新居再搬入屋便完成，當中不包括unpack和收納整理，要是工作忙起上來，可能搬家後一個月都還未收拾好新屋。

　　包裝移舍，是韓國獨有，由三四個工人加阿姨用一個上午，極速將全家大小物品打包好，送到新家後還會unpack，並將所有東西放回原位，基本上我什麼都不用做，出去喝個茶，回去便可以即時入住。當然這說法有點理想化，還是需要新家有足夠的收納空間，他們才能將物品全都各歸其位，如果不夠收納空間的話，他們也無可奈何。

　　但這樣服務周到的包裝搬家價錢不便宜，家具不太多的84

平方米單位，可能也需要120萬韓元（8,000港元）起跳，幸好他們甚少會索取小費，請他們吃午餐或買點飲品，感謝他們一天的辛勞便可。這些門面功夫，韓國人也愛做。

韓國獨有的雲梯車搬家

搬家用的雲梯車則可租可不租，幾年前大約20萬韓元（1,400港元）左右租用一天，有人覺得貴，又或屋苑條件不適合雲梯車出入的話就不用租了。這也是另一個韓國奇景，家具電器不是從家門口進來，而是在窗口，拆掉客廳所有落地大窗，用雲梯車將一箱箱物品從窗口送進來，其實也挺方便快捷的。

雲梯車搬家，是韓國獨有的奇景。

搬家後，韓國人在新居的第一餐喜歡吃炸醬麵，以前沒有那麼多外賣平台的年代，總會有家炸醬麵店在左右，價錢便宜又有效率，更能用最短時間吃完。吃完後不用丟廚餘也不用洗碗，真是搬家最佳食品！有趣的是，我發現包裝移舍的工人，午餐也是吃炸醬麵的呢！

韓國人在搬家後喜歡吃炸醬麵，是因為夠方便。

Charpter 5

第五章

日常生活大作戰

1. 生病了該怎麼辦？

一個月黑風高的夜晚，肚子痛得超厲害，直冒冷汗。

這天是2012年8月，我來到韓國工作假期的第二個晚上。人在外地，最怕就是生病，雖然很不舒服，但不懂韓文又人生路不熟，多一事不如少一事吧，忍！

忍到第二晚，終於硬著頭皮去看醫生。當時連怎樣找診所也不知道，住在東大門的我在附近找到間叫「國立中央醫療院」的東西。心想，「中央」、「國立」，沒問題吧！到達他們的急症室後，護士和醫生都會說點英文，溝通沒問題，但在登記時已告訴我，沒有保險的話，急症室收費很貴啊，會不會等天亮去找間診所看看？

因為實在太痛了，用錢解決到的問題從來都不是問題，所以我說沒關係。結果，照這照那，抽血又打點滴，折騰到凌晨，奇蹟出現了，痛感突然消失，卻始終找不出原因。我也忘了當時收費多少，大約2,000港元左右吧，但醫生說一切正常，連藥也沒有開給我。

醫療保險

後來我在韓國找到工作，公司為我辦「四大保險」，即國民年金（類似強積金）、僱傭保險、產業災害保償保險，以及國民健康保險。只要是有正職工作的人士都必須供款這「四大保」。不過，即使是沒有工作的外國留學生、自僱人士、自由工作者等，只要持簽證在韓國逗留六個月或以上，一律要供款國民健康保險。以2024年為例，職場加入者的費用是薪金的

7.09%，如果月薪為200萬韓元，200萬韓元x7.09%，即每個月供款141,800韓元，由僱主及僱員各分擔50%，換言之僱員一個月需要供款70,900韓元。

如果是待業、自僱、freelancer等人士，就會用地域加入者身份受保，計算方法是以年收入及財產而定。而外國留學生2024年度可獲得50%優惠，計算方法是全國民2023年度平均每月供款額143,840韓元的50%，即每月71,920韓元（480港元）。家庭主婦以及未滿18歲人士，可以用受養人的身份，歸入配偶/父母的健康保險戶口，不用收費。

為何健康保險如此重要？因為韓國很少公立醫院，大部分都是私立，然而公立醫院也不會特別便宜，所以國民都依靠這種全民醫療保險制度，來支付日常的醫療開支。有健保的話，去診所看一次醫生只需5,000至6,000韓元（40港元左右），三日普通藥費也只是2,000至3,000韓元（20港元左右），相當便宜，如果沒有保險的話則可能貴十幾二十倍。

公立還是私立？

在一段很長的日子裡，我以為韓國是沒有公立醫院的，因為很少會見到。直到某天想起在韓國第一次生病時去的醫院叫國立醫療院，才發現很多以城市名或地區為名的醫院都是公立醫院，只佔全國醫療機構5%左右。不過韓國的公立醫院跟私立醫院收費是差不多的，分別不在於價錢而是在於社會責任及資源。

公立醫院的社會責任是讓貧苦市民都可以得到正常的治療，較少會為病人做些無謂的檢查、選用昂貴的藥，推銷療程等等，但他們的缺點卻是災難性的：資源不足！靠政府撥款所以時常入不敷支，公立醫院的設備和人手都比不上私立醫院，這也是為何韓國人得了大病，生死關頭要做手術時，都會去有名氣的私立醫院而非公立醫院了。

如何找醫院？

韓國將醫院分為一級、二級和三級。

一級指是規模最小的，看單一科目的醫療機構，普通診所就屬這類別。當中擁有0至29張病床的叫「의원（醫院）」、30至99張病床的叫「병원（病院）」，雖然是這樣劃分，但診所的話，名字只會寫是哪一科，很少會有「醫院」的字眼，例如「XX產婦人科」就是婦科診所，「XX女性病院」就是可以去做手術的婦科醫院。

二級醫院是擁有100張病床或以上的，有最少七個治療科目而每科最少有一名醫生的醫院，屬中型醫院。

三級醫院是指大型醫院，需擁有500病床或以上，有九個治療科目而醫生最少有三年以上的專科駐院經驗。大部分的大學醫院、綜合醫院都是三級醫院。

生病了，除非嚴重到要入急症，否則都不需要去中大型醫院，找間一級醫院或診所就可以了。先辨別一下自己應該看什

麼科，韓國沒有像香港般有內外全科家庭聖手。腸胃不適頭痛心痛等，看的是內科（내과）、傷風咳感冒要看耳鼻喉科（이비인후과），外傷骨折是整形外科（정형외과），生小孩要去產婦人科（산부인과），還有皮膚科泌尿科眼科等，不能搞錯。

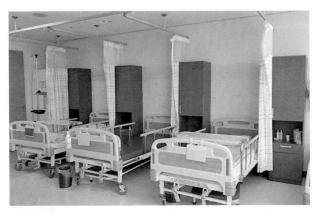

韓國醫院的六人房。

病情比較嚴重或要涉及相對複雜的手術，就要由一級醫院寫醫生信，轉介到二三級醫院跟進，「大學醫院」一般都是設有急症室的大型綜合醫院，首爾較出名的有延世大學的 Severance 病院、首爾峨山醫院、首爾大學醫院、基督教大學首爾聖母病院等，治療科目眾多。

韓國的醫生大多都會說英文，不過護士就可能只能用韓文溝通，所以如果不會韓文又想看醫生，建議在 Google Translate 中先行搜索自己的症狀如感冒（감기）、鼻水（콧물）、喉嚨痛（목이아프다）、頭痛（머리아프다）、發燒（열나다）等，跟登記的護士說明自己的情況，其實也不難應付。

醫藥分家

　　韓國的醫院不會直接為病人提供藥物，即使是大醫院，當你出院時也只會提供一張藥單，病人需要自行到醫院附近的藥房配藥。藥劑師會將藥物分為多個小袋，早晚各吃一包，十分方便。如看到一些商店招牌寫著「약」字，即「藥」的意思，便是藥房所在地。

醫生開藥方，然後到藥房執藥，分成一包包很方便。

　　不過也有人像我丈夫一樣，覺得看醫生很麻煩，其實也是可以跳過看醫生的程序，直接到藥房購買成藥。將症狀告訴藥劑師後，他們便會為你開藥，但這樣買成藥比看醫生還昂貴，因為成藥不在保險範圍內，買一次感冒藥往往需要1至2萬韓元（70至140港元）呢。

Charpter 5

2. 認證年代

　　上一次回香港已經是差不多兩年前的事，不習慣的東西不少，其中一項便是發現香港的網上購物不算十分普及。當然，香港是購物和美食天堂，走到街上應有盡有，還用得著上網購物嗎？但有時就是懶得外出，在韓國，任何東西都可以網購的，下單後第二天便送到家門口！有讀者曾問：「這樣不怕嗎？」怕什麼呢？原來他們是怕商戶不誠實，騙了錢不發貨。

　　其實韓國的電話實名制已經實行良久，不單是申請電話號碼需要實名，當我們使用任何網上服務，簡單如在 APP 上點外賣，我也得透過網絡通訊商，先以電話號碼作認證才能成為會員，換言之我們的一切行動皆有跡可尋。

　　有些情況更嚴謹，例如在政府網頁上申請列印一些文件，除了手機號碼認證外，還需要第三機構的認證書，以前有種是可以儲存在手機或電腦中的共同認證書（現逐步廢除中），又或銀行發出的金融認證書、Naver 和 Kakao 等大機構的簡易認證書等。

　　大家可能會覺得，那不是更不安全嗎？如果那些機構的網絡被人入侵了怎麼辦？但在幾重認證下，還可以入侵得到銀行或政府機構網絡的黑客，應該會比我們遇到不良商家收了錢不發貨的來得少吧，反而我們透過認證得到了最基本的保障。所以我常常覺得，網上購物時要選用有名氣大集團的 APP，結帳時最好使用信用卡，信用卡可以 charge back，如果貪小便宜地在小平台線下面交，遇到騙子的話，付出的現金就很難再回來了。

3. 當現金成為非必需品

十多年前剛來到韓國時，韓國人已廣泛使用Check card（即提款卡EPS）或信用卡，去便利店買十元八塊的東西也如是，當時我覺得很神奇，買十元東西都要刷卡？在香港應該會被人翻白眼吧。

從2023年開始，韓國部分Starbucks分店開始不收現金，2024年起也有些巴士路線推行無現金制度，沒帶卡嗎？那就銀行過數吧。就連以前一定要帶現金的傳統市場也可以用Kakao轉帳，電子支付的時代真的來臨了。聽說中國內地早就是這樣了，朋友說到內地遊玩，還會被人笑我們「港燦」沒有微信支付呢。

在韓國的旅遊區或連鎖店，的確可以用微信支付，而香港人很愛的Apple Pay在韓國只是開始的階段。本地人多用Kakao Pay，跟微信支付同一原理，由通訊APP綁定一個付款的銀行帳號。韓國本地最強最普及的電子支付，Samsung Pay才是國民代表，Samsung Pay可以綁定不同銀行的信用卡

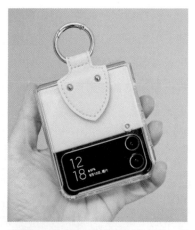
在韓國出街可以不用帶錢和身分證，但一定要帶手機。

和提款卡，只要有手機在手，幾乎任何商戶都可以使用。

韓國的快餐店、食店以及cafe，大多設有自助付款機，甚

Chapter 5

至連Daiso、Emart、Homeplus等超市也逐漸增加自助付款櫃位，以現金付款的本地人真的超級少。這也與韓國的銷售稅有關，不只是外國人可以退稅，本地人會根據其收入和消費程度，在年終報稅時有機會得到退稅，透過信用卡和check card付款，資料直達銀行的電腦方便日後計算。另外，信用卡購物優惠也是另一個重點，所以愈來愈少韓國人使用現金了。

在韓國，車牌等同身份證，所以考了車牌的話，就連身份證也不用帶出街，因為手機上可以儲存電子駕照。我明白為何近年女生們都喜歡小廢包，因為現在出外只需要帶一部手機就夠了。不過家中那些美美的錢包就無用武之地了。

4. 在韓必備生活APP

不能不感嘆現在的科技進步，APP的出現為生活帶來無比便利。來韓初期，即使手機可以上網，但不會韓文的話，生活仍然是一頭霧水，如何找吃的地方、如何坐的士、如何找路……當時甚至連叫外賣的APP都還沒有出現，我膽粗粗打電話到考試院附近的一間橋村炸雞，用我的爛韓文成功點了一份橋村 red stick，這已令我開心了好幾天。

現在的APP完善到有種無所不能的感覺，簡直可以讓不懂韓文的人在這裡生活無阻。如果十年前這些APP已出現的話，我可能就不想學好韓文了。以下是我必用的韓國生活APP：

Naver：等同Google，是韓國最主流的搜尋器，他們推出了很多相關的生活便利APP，例如Naver Shopping、Naver 不動產、Naver Pay、Naver Blog、Naver Map、Naver字典、Naver預約等等。基本上韓國大小資訊的都可以在Naver的blog中找到，在韓國生活必須下載。

Kakao Taxi：首選電召的士平台。韓國Uber APP是非法的，所以它們之後轉型成Uber T，也是用來電召的士，但車比較少。反觀Kakao Taxi的車就較多，也提供英文版，即使是繁忙時間也能百發百中，還可以自行選擇行車路線，即時看到車資，不會韓文也不怕被的士司機繞路。

Kakao Taxi其實不只是電召的士，也可以預約貨van、租共用單車、送貨等。

Chapter 5

Papago：這個是由Naver開發的翻譯APP，獨立下載的話可以用來翻譯文字、圖片及語音，使用度超級高，而且翻譯韓文的話感覺上比Google Translate還準確。它也附設在Naver APP內，只要在Naver APP內開啟翻譯功能，便能將眼前的版面由韓文翻譯成繁體中文，看blog看新聞都十分方便。

到韓國旅行Google Map並不準確，一定要用本地的Naver Map。

Naver Map：這家公司的APP真的太重要了！在韓國境內使用Google Map時會發現很多資料過時又出錯，Naver Map就完善得多了。Naver Map跟Google Map的用法大同小異，也有街景、高空圖、商戶資訊和營業時間等。不但可以幫助你找出附近的cafe和食店，還可以點對點搜尋最快路線、教你該選擇哪種公共交通工具，巴士到站時間往往非常準確。而他們的衛星導航也是駕駛必備的。

Kakao Talk：韓國另一網絡巨頭，Kakao的普及度就像香港Whataspp一樣，是本地人必用的通訊APP，可以用來付款和購物，做實名認證等，想跟韓國人交朋友的話一定要下載它。

정부24（政府24）：如果已是在定居韓國的人士，所有韓國政府的文件都可以透過這個APP下載，然後自己在家打印，

常用文件包括：家族關係證明書、戶口謄本、婚姻關係證明書、各種稅金證明、外國人入籍者會用到的初本等，都可以這樣下載打印，不用花時間申請。

5. 網購和外賣

最常被朋友問起的問題：想買小朋友衣服、小朋友玩具去哪裡買好？想買韓國家品去哪裡買好？其實無論買什麼東西，我都會就說：「上網買吧！」。別誤會，這不是在膚衍大家，而是幾乎所有東西我都是網購的。

第一，韓國地方大，就算住在市中心，商場和超市也不一定就在住所附近。本地人很少會像旅客般山長水遠到南大門東大門購物，既蝕車錢也蝕時間。

第二，上網格價比到實體店格價更方便，加上實體店貨品不齊全，去買家具時就感受到展示場內未必有想買的款式。

第三，省時，對韓國人來說，「빨리빨리（快點快點）」非常重要，尤其在三個孩子出生後我長期處於偽單親狀態，網購是最快最節省時間的。

第四，產品之多，意想不到，沒有你找不到的，只是你肯不肯去找的問題，跟淘寶一樣，韓國的網購就連家居裝修工程、花園小屋、便利店內煮公仔麵機器都能網購，還有什麼是網購上買不到的？也有的，煙、酒、藥、寵物這些是不能網購的。

第五，購物平台市場成熟，較少發生貨不對版、付款問題、騙案等情況，市民基本上都信任業界，才能造就到市場的蓬勃發展。

第六，物流業出色，一般大型快遞公司，也能做到首都圈以內，星期一至五寄出，翌日送達，除非遇上大罷工，否則延誤情況不多，非大型包裹運費也不過3,000韓元（21港元）便送到家門口。

第七，本地人自律，郵包不用親自收件，通常只放在家門前，快遞員便會透過SMS發相片給你，表示貨物已經到家。一般的食物、日用品等很少會被偷，所以人人都放心網購。當然，如果東西很名貴，是可以選親自收件的又或送去樓下看更室、送屋苑的收件智能櫃等。我試過最貴的網購是部三百幾萬韓元(2萬多港元)的Sony相機，不過仍然選擇放在家門口收貨。

我平時用什麼APP購物呢？

新鮮食物類：一定是Coupang Fresh！他們分為兩個時段，每晚12點前下單，翌日早上七點前送到；早上10點前下單，即晚8點前送到。每日安坐家中便能買菜煮飯。

特急即日送貨：Lottemart、Homplus等大型超市APP，好處是可以選擇送貨時間！如果早上訂，最快旁晚6點都能送到，突然發現女兒的奶粉用光，都能即時補貨！不過價錢可能就不是最便宜的，而且要購買滿指定金額。

乾貨和日用品：也是Coupang！他們是行內數一數二便宜的，加上貨品選擇亦多，只需加入會員，便沒有最低消費額，就算買一件貨也好，都是第二日便送抵，面且保證能退貨，「快靚正」！

大部分新鮮食品我都會到Coupang買，今天下單明天早上送到。

不趕著用的家品雜貨、電器家具：先用 Naver Shopping 格價，Naver 有自己的購物平台，可以 search 到同一件貨品在不同平台上的價格，例如 Gmartek、11st、Auction、Interpark 等，由最低價格開始顯示，一目了然。不過個別平台送貨速度可能較慢，一般都要下單後兩三日才收到。

小朋友書籍、功課練習：用 Naver Shopping 格價也可以，但社交平台上經常有專門做團購的帳號，團購才最抵！

電影門票、KTX 車票：可以網上買票不是什麼新鮮事，但網上買了票後，票尾也不用 print、直接入場、直接上車，只靠每個市民自律，完全沒有人會查票，這點令人很是震驚。

外賣：作為早餐店的老闆娘，我覺得배달의민족是最多人用的點餐平台，跟요기요和 Coupang Eat 的使用比例是 5 比 1 左右，餐廳選擇也是最多。而作為消費者，Coupang Eat 的優惠最多，外送費也是最便宜的，但 Coupang Eat 收取餐廳老闆的手續費較高，所以它們的餐廳選擇比배달의민족少。其實 Naver 和 Gmarket 也有外賣 APP，前者是外賣自取，後者則跟 Yogiyo 連繫在一起的，聽說是韓國唯一不用手機認證的外賣平台，只需登入到 Gmarket 韓國的網頁，選擇現金付款就可以了。

在韓國，外賣速遞是日常生活的一部分，運費約 3,000 韓元（21 港元）。

6. 怎樣買生活用品最便宜？

　　韓國物價貴，除了租金便宜一點外，其他日常消費都跟香港差不多。如果經常逛大超市大商場購物時就會發現，有些東西不論是來自本地還是入口都不便宜。大型超市和百貨公司屬於高消費地方，都是貴婦和遊客的專利，絕對不是我這種基層主婦的日常。做了八年韓國全職主婦，我是如何將日常生活用品格價格到最低呢？

平價超市

　　大超市只是周末跟家人逛街的目的地，可能一個月才去一次，而且不會買得多。日常買菜，我會去洞內超市，又叫做할인마트（特價超市），例如Homemart、農協mart、進路mart都是連鎖式的中小型超市，很多地方都能找到，價格比大超市便宜，我會以Coupang平台的價錢為基準，入手那些跟Coupang差不多或更便宜的貨品，因為如果比Coupang貴的話，我在網上買就好了。而這些中型mart的好處是，在他們店買食材感覺比上網買的更新鮮。

大型超市除了Homeplus，偶爾也會去大堆頭的倉庫型超市。

Chapter 5

大超市怎樣選？

如果真的要在大超市購物，我會去Homeplus，Homeplus的特價貨品比Emart和Lottemart的都要多，而且他們也是最先推出特價專區，我常常在當中尋寶，三日內到期的meal kits、加工食品和奶類食品，會打五折或更低呢！

蔬果批發店

每個小區都總會有一兩間蔬果批發店，他們的格局非常相似，就是全無裝潢，就像香港的路邊生果檔，一箱箱一盤盤的蔬果以紙牌標價，有時還會有豆腐或急凍海產，一目了然。這種小店通常是每天一早去批發市場取貨，實行薄利多銷，賣完即止，每天的貨品可能都不一樣，一般可以做到大超市的七至八折。

其他日用品

至於其他生活用品又怎樣呢？上文提及過我會在Coupang網購，他們有何吸引呢？每月花7,890韓元（52港元）加入會員後，很多貨品都會免費送貨、換貨、退貨，而且是今日下單，明天送到，速度之快，連香港也被比下去了。食品類商品的話即使包裝撞凹了一個角，都可以不用發照片不用退貨，立即申請退款！當然我是不建議濫用這種服務（事實上已經有很多韓國人在濫用了……），但站在消費者的立場，這樣的售後服務真的超級人性化，這也是為什麼很多人現在的生活都已經離不開Coupang了。

然而Coupang絕對不是一間對員工友善的公司，他們內部是出名工作量大休息時間不足，送貨司機雖然是多勞多得，但他們的工作量往往大到一天工作14小時，更有員工因而過勞死。所以他們長期招募全職和兼職的物流和司機，外國人和家庭主婦都無任歡迎，因為本地人都知道，除非到了山窮水盡的境地，否則也要避開這間公司啊。

在小型超市或批發蔬果店不時可以撿到便宜貨。

Chapter 5

1. 韓國考車超容易？

在香港，學車考車養車都是很奢侈的事，加上公共交通完善，所以我從小到大都沒有想過學車。

但結婚後丈夫長期都要周末上班，如果能開得一手好車的話，便可以撇下老公，跟小朋友到處玩！於是有天我鼓起勇氣，自己去考了筆試。

韓國考車是舉世公認地容易，以前用護照也能考車，中國有旅行社專門辦去濟州考車的旅行團，標榜五天內成功考取。但現在的法例收緊了，需要持有外國人登錄證才能報考，這個熱潮才減退。若然大家有機會來韓國讀書之類的，就不要錯過這個機會，因為真的又快又便宜！不過細思之下，這麼容易就過關，不是很危險嗎？

考車牌分為三部分，筆試、場地試、路試，可以透過學院考取，也可以去附近的政府駕駛執照考試場自行報考。前者需要付大約70至80萬韓元（4,500至5,500港元）的學費，後者則只需付考試費，2023年政府路試考試費只是25,000韓元（140港元），所以有些韓國人選擇不報讀駕駛學院，自己找親友練車、去模擬車場「打機式」練車，就一鼓作氣上考場！不過我是個「機械白癡」，這個最省錢的機會從來不是我的。

筆試的確可以自己去考，不用上堂，下載些考車APP，看看「急需時必讀200題」的精讀，背熟入場，一take即過，因為可以選試卷中文作答，需要的不是技巧只是記憶力。

然而當我嘗試在政府考場，自己報考考場地試，踩油出發

前就被out了！我忘記轉檔所以在30秒內出發不了，直接失敗，而且當時我是第一個考生，後面有十幾個考生在看著，中央廣播開得超大聲地說我不合格了，非常尷尬。離開考場後，立即找了間駕駛學院，還是乖乖地給70萬韓元（4,500港元）學車好了。

在韓國考車牌很容易，但真的要在街上駕駛就有點難度。

即使在學院學車，也只是4小時場地試學習和6小時路試學習，加起來也只需10小時，我當初已經很懷疑，這樣的極速，我能學會嗎？不過場地試在學院進行，學完即考，記憶猶新所以99%都能過關。

6小時的路試學習就見真章了，完全感受到韓國人不甚有善的駕駛態度！我的路試是在一條靠近貨櫃碼頭的八線行車大路上出發，貨車司機的同情心不足，絲毫沒有憐憫我駕駛著那顯眼黃色學院車，我的車被人急切線、小路出大路不讓我還開罵（幸好學院師傅罵回去了）、佔在最左線但又直行不左轉，擋住旁邊想左轉的車，還有車差點跟我撞上等等的反面教材，各式

各樣都被我碰上了，然後師傅淡淡說「這些是不對的，不要學啊」，真幽默。

很怕駕駛，只敢在少人的地方練車。

　　成功考取車牌後轉眼過了5年，我的人生除了學車那10小時，就再沒有碰過方向盤，到現在真的有需要開車時，我已經成了「장롱명허」（衣櫃駕照，將駕照放進衣櫃不拿出來用，現在已經不會開車的意思）。我嘗試叫丈夫跟我一起去練車，有次找了個人跡罕至的郊區，一邊開車，他一邊咆哮叫我開快點，但時速40對我來說已經很快了，要我怎麼辦？看來要找個「장롱명허운전연수」（衣櫃駕照駕駛研修）的師傅去補補鐘才行，收費通常是10小時30萬韓元（2,100港元）左右，究竟最後我能成功自駕遊嗎？天知道。

*8.*為何韓國那麼多醫美？

　　韓國不時會有罷工，一些行業有特別強的노조（工會），例如地鐵、巴士、運輸快遞業，不過最近連醫生也持續幾個月罷工，鬧得不可開交，情況惡劣至醫生和醫學生到了集體辭職和退學的地步，政府更出動了軍隊醫生來救急，這是發生了什麼一回事呢？

韓國政治環境

　　醫生的罷工跟普通的工會爭取權益改善工作環境不同，跟醫生們對峙的，是韓國政府。先說說近年政府由國民力量（국민의힘）掌政，國民力量就是世越號事件朴槿惠所屬的保守黨，黨色是紅色，親美仇北（韓），簡而言之我認為就是一群食古不化的老人。當然，另一大黨民主黨，即上屆文在寅一派，也不是什麼好人，一樣的狡猾，不過感覺就是沒那麼笨。

　　大總統尹錫悅是首爾大法律系出身的韓國典型精英階層，自然是不愛聽別人意見，處處覺得自己最棒的，加上沒有政治經驗（他早年還只是負責朴槿惠案的檢察官），就連參加英女王葬禮都可以遲到，更娶了個偽造學歷的女人，丈母娘也因偽造文件而被判刑，尹錫悅一上任就表明要廢除女性家族部，更不時會說一些「何不食肉糜」的離地話。

醫生的不平均

　　這樣的人總是要多生事端，他跟幕僚不當引用了醫學報告，認為未來10年韓國將會缺少1萬名醫生，於是準備每年增加2,000名醫科學位，立即引起醫學界反彈，因為韓國的醫療問題

從來不是缺醫生，而是分科不平均。

韓國現在大約有11萬名醫生，當中3萬多人是皮膚科，即醫美醫生，比例極不平均。皮膚科是個較易的科目，在韓國只要多考一個資格便能執業，而且賺錢容易、利潤又高，試想想，做一次瘦臉的인모드FX（in-mode FX）便收個20幾萬韓元（1,400港元），每三個月至半年需補做一次，另外還會有外國醫美團到訪，可謂長做長有。

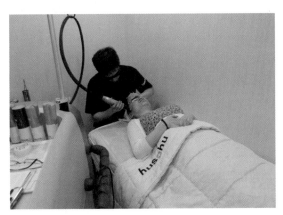

韓國很流行醫美，去皮膚科做激光有醫生主理。

韓國的專科醫生賺錢相對較少，有報道指出同一個手術，扣保險前，韓國所需的價用只是日本的一半。而且一些社會上很需要的專科人才如腦科、心臟科、兒童科等，所涉及的手術難度較大，病人多，加上賺錢少，很多醫生也感到氣餒，轉做皮膚科不好嗎？另外也有醫療官司的問題，病人家屬控告醫生不能起死回生的情況愈來愈多，增加了專科醫生的壓力。

過去曾有首爾大醫院的著名專科醫生轉做醫美皮膚科醫生的事件，震驚了5,000萬韓國人。專科醫生人手短缺到哪個地步？首爾峨山醫院有名護士在工作時中風暈倒，作為韓國最大型的綜合醫院之一，竟然沒有腦科醫生可以即時為她做手術，最後要轉去別的醫院，延遲了救援。

所以，增加醫科學生有什麼作為呢？在這樣地獄的職場，這樣價值觀扭曲的社會中，連醫生也投降了。所以我們可以明白，為何韓國醫美這麼多，

專科醫生賺錢較少工作量又大，流失率高。小女兒有次跌斷了手骨，等了兩天醫生才有空做手術。

療程又新又便宜，因為全韓國差不多四分一醫生都在看顧大家的皮膚！這樣下去，專科醫生寧願轉行，也不想過勞死，引發了對政府的對抗。不要以為在韓國讀醫科做醫生就一定是人生勝利組，這樣勝利背後的代價，有血有淚。

9. 難以習慣的生活小事

韓國的冬天

雖然韓國不是加拿大也不是西伯利亞，但冬天仍然很煎熬。「韓國的是乾凍，香港是濕凍，所以韓國沒香港冷。」、「韓國寒冷但有地暖吖嘛，哪有香港冷？」……抱歉，我實在不敢苟同。在香港我從來未擁有過一件羽絨，但在韓國最凍的一二月，沒有羽絨和防寒內衣，實在出不了家門。我家地暖不會開太大，因為很燒錢，而且極乾燥，要在室內多放兩三部加濕機。太冷的天氣也會令水管結冰，以前住在舊apartment時，因水管結冰經歷過全幢大廈的住客幾天不能洗衣服；路面結冰更危險，我還是最討厭韓國的冬天。

層間噪音

也是冬天惹的禍！由於冬天寒冷，所以韓國的家庭只要不是住在韓屋、木屋和鐵皮屋，都會裝地暖，而地暖會令到地板下面有空間，即使在家中普通步行，都會將聲響傳到下層去，有小孩的家庭就更嚴重，鋪了隔音地墊也無補於事。如果樓下是對聲音敏感的人或自我中心的人，容不下別人一絲噪音，層間噪音便成了鄰居間最大的矛盾，嚴重者

還是不習慣韓國的冬天，下雪尤其嫌棄，又濕又髒。

更有幾次而發生兇殺案。明明在自己的家中，每天卻要攝手攝腳，活得戰戰兢兢，真令人疲累。

垃圾分類

又一令人疲累的日常，韓國雖不像日本那樣恪守規律，沒有限定倒垃圾時間，但要將我一家五口的大量日常垃圾，分為食物、塑膠、紙、發泡膠、金屬、衣物、玻璃、膠袋包裝以及不能分類的垃圾，實在很花功夫。在香港習慣將垃圾放後樓梯便有人定時「倒垃圾」，在韓國只能自己拿到樓下的垃圾站，是超級煩厭的事。廚餘在夏天會滋生蚊蟲，如果不能天天清理，有人會將之放在冰格雪成冰，儲夠一袋才丟掉，這也是為什麼有人說韓國人將垃圾放在雪櫃的原因。

香港貨品少

很羨慕移民到英美澳人士，當地有茶餐廳有燒味有粉麵有雙餸飯有火鍋又有得飲茶，還有香港超市和香港人社區。在韓國的香港人少，由香港人經營的茶餐廳只有兩三間，飲茶的地方只集中在首爾市中心的添好運和點點心，住在其他城市的人一年也不會去一兩次。香港糧油雜貨店更是零，韓國雖有李錦記，屬오뚜기集團，但遠遠不能滿足我的需要，這些年來都找不到沙嗲醬，我要如何煮沙嗲牛肉公仔麵？有時只好去中國超市，購買一些不知名品牌的代替品，也顧不上食品安全問題了。

Chapter 5

我的生日慶祝方法，跟大女兒出首爾吃添好運，吃一次點心就是如此隆而重之！

10. 韓國創業故事

工字不出頭，韓國人也是這樣想。可能因為韓國職場太艱難，想要一生工作平安順遂，先要擠進大公司，再要工作個20年做到管理層，這些鐵飯碗不是人人都可以做到的，普通打份工，不如打自己工！

在韓國創業難嗎？

相比起香港，韓國是個較容易創業的地方，這些年來，我留意到不少毫不起眼的小店、老店，明明沒什麼生意，賣的東西又不特別，為什麼這麼多年過去仍然存在，甚至熬過了疫情？韓國的租金相對合理，而且政府也對39歲以下的青年，提供創業支援以及低息貸款。若小本經營，不望發達只求兩餐溫飽的話，其實不算難做，想取得大成功，就真的需要實力和運氣同步加持了。

我的奶奶就是一個好例子，五十年代出生的傳統韓國女性，有著舊時代人們獨有的強大意志，堅韌又刻苦耐勞，她從三十多年前起，就不斷自己開店。上一輩的女性沒讀過多少書，只會煮飯。在忍受不到丈夫酗酒下離婚後帶著兩個孩子，沒有太多出路可以給她選擇，先在街邊擺攤，後來在傳統市場內開過豬肉湯飯店、血腸店、烤魚店等，每當失敗收場便再接再勵，到她人生的最後十年，在海邊開了一間生魚片店，天時地利，終於略有小成。人生充滿際遇，只要還活著，看似無路可逃，下一秒又機會處處。

我們現在的生活環境遠比六七十年代的韓國好太多，有什麼是不可能的？我偶爾會想起她。作為全職主婦，久不久便有

Chapter 5

一兩天特別覺得自己年華老去，一事無成浪費時間。於是在兒子出生後，我便學起那些韓國主婦們，試著去創業。

用最低成本開店

最低成本的當然是開網店，韓國網購發展成熟，在稅務廳辦個事業登記證，然後找個平台上載產品，實在不難。最大的平台是Naver Shopping，也有人會做自己的網頁。在創建版面後，便需要到區廳申請一個網上販賣商業登記，然後便可以上傳自己的商品或服務。

賣什麼好呢？身邊的朋友有賣小手工、織物、扭汽球花、自製肥皂等，但都需要花大量時間製作。剛好當時韓國興起淘寶，做淘寶代購，時間也可以省略了！但如此一來競爭自然較大，於是我就集中在可愛的家品廚具雜貨之上。跟代購不同，我會先在淘寶入貨，儲存自己家中，有客人買才寄貨，這樣就能保證產品的質素，並打造出自己喜歡的商店風格，不只是個購物的中間人，賺錢之餘還可以做自己喜歡的事。

一人公司的難處

然而，我還是低估了一人公司的工作量，想做出自己喜歡的風格，由網頁頁面到公司名片、貼紙等都自行設計，然後就是產品介紹，韓文部分寫稿、用Canva做版面設計、拍攝產品照片，到最後產品宣傳，不只開個Instagram放幾張照片便完事，還需要研究SEO，為了保持點擊率需不斷更新和落廣告。工作量之大，不是一個日常要照顧小孩的三寶媽可以輕易負擔

的。我對廣告一無所知，丁點錯誤就令帳號被封鎖，其實我到現在也不知道自己犯了什麼錯，估計是使用了品牌的照片產生了版權問題吧，結果所有社交平台的帳號都被限制了，沒有了廣告的加持，經營起來更困難。

最後堅持了約大半年，在沒有廣告的情況下，一星期仍有幾張訂單，令我喜出望外，輸少當贏，就當作是一次的寶貴經驗吧。後來，我又跟香港的朋友合作做韓國廚具代購，主打粉紅色的廚房用品和生活雜貨店，目標是香港主婦。有了上次的經驗，其實起步得不錯，在韓國代購接近飽和的情況下，每個月仍能賺到幾千港幣作零用錢，但半年後，香港負責接頭的朋友突然移民，無奈又要匆匆結束。

我開過韓國網店，也做過代購。

第三次開店

第三次開店，我不再孤身一人，而是跟丈夫一起經營韓式多士店。他原本在打理家裡的餐廳，但因為奶奶離世，在跟其他家庭成員討論過後，決定結束一切並將財產平分，所以後來他又出去打工了。

兩年後的某一天，我在街上看到個便宜的舖位，200多呎，

租金只是80萬韓元（5,600港元），鄰近大型屋苑、大學區、工廠區，於是我打趣地說：「不如開間小食店吧！」韓國小食店和咖啡店的門檻較低，一個人也能應付，風險也不算高。我這隨口一說，他便坐言起行了。

　　要在韓國的飲食業創業，在辦好商業登記後，需要到保建所上課，學習飲食業的基本衛生須知，再補上健康檢查後即可開業。如果店內沒有使用明火，更避開了消防條例，所以為何說開小食店或咖啡店是最快捷和簡單的創業了。

創業與守業

　　丈夫從事飲食業多年，所以從設計廚房、添置用品、監督裝修、購入食材等都由他一手包辦，而我則負責一切的宣傳品設計：菜牌、易拉架、海報、拍攝食物照片、社交平台管理等，二人合力雖然是事半功倍，但也真的勞心勞力，由簽下租約到開業大約籌備了一個月時間，每天都在忙，

跟老公開小食店，沒有想到我竟然會沖咖啡。

感覺卻很奇妙。我從來沒有學過沖咖啡，突然就要在水吧幫忙，這又再一次證明，世事沒有什麼是不可能的，只看你願不願意嘗試！

不過開業後，我也忙於照顧小孩和其他freelance，除非是有大量訂單，不然我也極少到舖頭幫忙，只是閒時拍照更新一下小食店的社交平台。慶幸地，由於鄰近大學和工業區，平均一星期也有一次團體預訂，最厲害的做過200份多士，凌晨12點送去電視劇拍攝場地（仁川的開港路經常有電視電影的拍攝），加上外賣送遞，幾個月後生意漸漸穩定。

然而，在韓國做小食店的確很難大富大貴，而且一人舖面很困身，只勝在沒什麼壓力。事能知足心常泰，人若無求品自高，自己選擇的生活，甘苦也淡然。

Charpter 6

第六章

融入社會二三事

1. 韓國不適合移民？

　　韓國不是香港人熱門的移民國家，有人更覺得這裡是移民地獄：英文不通用，本地人沒禮貌，食物口味單一，有什麼好的？十幾年前的韓國對移民不算友好，定居的渠道不多。然而因為人口急劇減少，近年才開放多種投資移民，留學生畢業後也有更多機會留下來。

外國人數目

　　據韓國出入局的數據顯示，截至2023年4月，經常居住在韓國的外國人數目達到歷史新高的235萬人，比一年前增加了18%，中國和越南人就佔了一半，單是外國人留學生就有20多萬人，結婚移民者接近14萬，擁有永住權的人士達到18萬，大部分人住在首爾、京畿道以及仁川，而非法居留人士估計約有40萬人！這聽起來不是一個小數目啊。為什麼會有一大堆人來韓國呢？當然是為了賺錢，對於某些國家的人來說，韓國是個距離不遠又可以掘金的地方。

　　比起香港，中國人和台灣人到韓國較多是純粹想工作賺錢，網路上或實體書亦有不少人寫過在韓國讀書和工作的攻略。政府最新推出的F-2R簽證（地區特化簽證）更是個鼓勵留學生大學畢業後上山下鄉的簽證，為了讓更多人才在地方城市發展，只要畢業生願意去那些快要人口滅絕的城市，並在指定的機構工作逗留兩年，便可得到F-2居住簽證。以往的F-2需要在畢業找到工作轉E-7工作簽證後，再奮鬥幾年才能申請，現在的話只要肯花兩年時間填補農村人口不足就能得到，需知道F-2的下一階段便是永住權了，多吸引！可見韓國政府愈來愈重視以移民解

Chapter 6

決少子高齡化的問題。

韓國很難適應？

反觀香港人，錢已經賺得夠多了，在移民方面又有其他考量，教育、居住環境和適應問題反而是最重要的。對我來說，適應韓國生活只需克服語言，便已解決了一大半問題，因為：

1. 華人跟韓國人外表相似，不會一外出便被人發現自己是外國人；

2. 兩地的部分傳統文化相似，韓國也過中秋和農曆新年；

3. 韓語中有約七成的名詞其實是漢字，發音與廣東話甚為相似；

4. 大城市結構跟香港一樣，地鐵四通八達，超市及大商場林立，容易找到食肆；

5. 除首爾中心或富人區之外，大部分地區租金都很合理；

6. 在淘寶上可以買到不同的香港糧油雜貨，運費一般都很便宜。

7. 夠近！不習慣的話可以隨時回香港，航程只需3.5小時；

但如果硬要以香港的高標準作比較，其實世界上沒有哪個地方比香港好，因為香港是自己的根啊！移民最無謂的心態就是比較。凡事必有一個目的，也必定有個年期，這才是自己在這個國家存在的意義，相信吸引力法則，沒什麼是達成不了的。

政府對外國人的幫助

　　韓國政府沒有任由外國人自生自滅，韓國設有外國人力支援中心、多文化家庭中心、外國人諮詢中心等機構，還有出入局外國人廳熱線、專為外國人女性而設的다누리熱線，遇上不能解決的問題，也總能找到出路。

韓國政府對多文化家庭有一定的支援制度。

　　我們最常接觸的就是多文化家庭支援中心，韓國於2008年制定「多文化家庭支援法」並在各地設立多文化中心，當時源於結婚移民的東南亞新娘急增，現在已發展成為支援新移民家庭的機構，提供翻譯、生活、法律、育兒等幫助，並為移民者提供免費韓文班、小朋友學習指導以及托兒服務、就業課程，是外國人剛到韓國時的好幫手。

Chapter 6

必讀！免費融入社會課

另一深受外國人歡迎的，是韓國法務部KIIP（Korea Immigration and Integration Program）社會統合課程，課程以融入韓國為目的，分為階段0到5，最初幾個階段以韓語及文化學習為主，最高階段的課程則是為了準備申請永住權和入籍人士而設，用以深化了解韓國社會，完成各階段課程並通過筆試後，符合特定簽證條件便可以直接申請入籍，不用另外面試。

這個課程修讀時間頗長，修畢全部課程需要接近500小時，但由於費用全免，當作學習韓文也相當值得，很適合初來乍到對韓國一無所知的新人。如果已經會一點韓文，也能參加評估試後跳級。有志在韓國落地生根的外國人必讀的KIIP，一些市區的上課地點，比較受歡迎的時段往往要搶位呢。

至於韓國人喜歡黑面、經常撞開人、人多車多、迫地鐵好辛苦等，都是旅居者不滿韓國的聲音。只能說，放棄首爾吧！找個規劃完善的新都市定居，再買輛車代步就會舒服得多了。出現在我生命中的大部分韓國人都是有善的。

2. 學好韓文是必需的嗎？

　　以前我覺得，如果想到外國闖蕩，先學會當地的語言不是必須的嗎？又或去到外國時便立即報名學習班，以最短時間解決語言問題。但事實並非如此，在網上看過不少英文很爛卻移民到英國的香港人抱怨找不到工作。韓國亦然，來了幾年卻仍未看得懂SBS八點鐘新聞的人士，大有人在。

不會韓語來工作假期

　　最多人想了解的問題之一：「不會韓語的可以來Working Holiday嗎？」別說是短短一年的工作假期，就算來找工作，也沒問題。有些職位會直接在外地招人，提供簽證食宿，例如南山下某五星級酒店的自助餐廳內，負責烤北京填鴨那位廣東師傅，肯定是從中港派過來的，還有IT業、面對香港人的旅遊業、電話客服中心等，以前Airbnb和富士打印機的廣東話客服中心都設在韓國，工作上完全用不上韓文，需要的是經驗、人脈以及個人際遇。

　　可是，不會韓語會令個人生活質素降低。本地人覺得好吃好玩的，不懂韓語的話就找不到，來來去去都逛明洞、弘大、東大門，這些旅遊景點人多車多，商家態度又差，只有受氣！另一方面，不懂韓語下可以選擇的工作種類相對較少，除了以上提到的那些，還

來韓國後第一次學韓文是在一間位於狎鷗亭叫Easy Korean的補習社。

有旅行團銷售業、民宿打掃、淘寶包裝等，又或在「奮鬥在韓國」（一個在韓中國人資訊網頁APP）中找些麻辣燙廚房工、工場工作等，都是些只懂中文就能做的工作。辛辛苦苦來到韓國尋夢，卻仍然待在全華人的環境，這也未免失去了體驗生活的意義。

我還是建議立志來生活的年輕人，先學習韓語到三四級水平，那麼，咖啡店和餐廳、便利店、旅遊區的店員、整容醫院翻譯，以及各式需要中英文翻譯的office工作也應付有餘。

婚後韓語能力

不排除有一撮人是突然在世界某角落認識了一個韓國人，墜入愛河，心心眼直至結婚，這樣的確可以一句韓文都不用講，要麼另一半的中文／英文很流利，要麼就用身體語言搭救！現在的翻譯APP做得出色，加上蜜月期間老公也一定會服待周到，便給人一種錯覺：啊～原來不懂韓文也可以生活啊，那為什麼我還要花時間去學習呢？為什麼一定要我融入社會呢？

聽過比較極端的例子：從香港嫁過來的太太，住在非首都圈的小城市，有兩個小朋友，不會韓文不能上網不會坐車，沒有丈夫在身邊便不能外出購物。有一天奶粉用光了，小朋友餓到哭，只能在網上求救「點算好？」；又有人來韓國住了兩三年，還未能獨自去銀行開戶口，需要待丈夫放假陪同……一方面我很佩服她們真的找到一個好丈夫，住在韓國幾年也由丈夫一手包辦衣食住行；另一方面，香港女性一向為自己的獨立感到驕傲，豈能忍受這種不能由自己掌握命運的生活？

經營一個家庭，需要家庭成員的互相合作，絕非一人之力可以完成，事無大小依靠丈夫和他的家人，可行嗎？或許沒有小朋友時還勉強可以，小朋友呱呱落地後就見真章！就算不想融入社會，不理會韓國發生的新聞大事，不願意了解本地文化，但關於小朋友的大小事，由申請幼稚園到跟老師溝通、小朋友生病去看醫生，還要跟鄰居和家長們打交道，這些都不是單靠爸爸便足以應付，每天在外工作的丈夫能幫上多少忙呢？我才不要將人生，活成以往自己最鄙視的那種樣子，還是踏實地學好韓文吧。

跟子女的日常溝通

我對於小朋友的語言學習方面向來隨意，相對於英文或韓文，廣東話真的很難學好，需要建立一個全面而長時間的廣東話環境。我自問沒有耐性也不夠堅持。老大牙牙學語時期我在上班，大部分時間由奶奶照顧，沒有經常跟她說廣東話，一子錯滿盤皆落索！後來有了老二老三，家中卻已習慣了講韓文，曾經嘗試過在家中轉說廣東話，他們都將之當成耳邊風，局面難以扭轉。

不過，回鄉探親很重要，我發現只要回香港一次，他們的廣東話就會進步神速。多得公公婆婆跟小朋友說一大堆廣東話，小朋友學習能力之強，真的不能小覷。後來疫情期間幾年沒回香港，他們現在也能說廣東話單字及簡單句子。有時我父母笑說，等他們長大點，每次放暑假就讓他們獨自回香港讓公公婆

Chapter 6

婆照顧，說不定廣東話又能變好。

成為值得被尊重的人

大女兒現在小學三年級，從入讀小學開始，每天各式通告回條、學校和補習的種種事項，還有陪看書陪做工作紙陪去興趣班，每天我也得看一大堆韓文，這時才慶幸自己在她入小學前便學好了韓文，雖然未好到可以去做韓中翻譯，更不時被朋友取笑我的發音，但最起碼在日常生活上我也遊刃有餘。

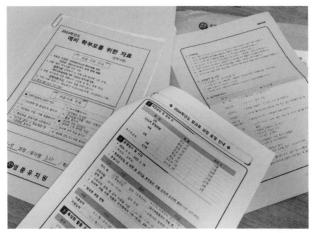

小朋友上幼稚園及小學後，每天都有大量回條，韓文讀不好很難應付。

漸漸地我發覺她的韓文比我進步得快，有時候我會問她一些詞語，請教她韓文是什麼，而她也會糾正我的發音。小朋友開始察覺到自己的媽媽跟別人的媽媽不同，如何讓小朋友對香港產生身份認同？至少，對媽媽是香港人這點上，應該是尊重

而非蔑視和不安。要是沒有共同語言，小朋友所說的話媽媽聽不懂，教我如何獲得尊重，教我如何分享他們的喜怒哀樂？我可不想在家中只落得像外傭般的存在。其實不只是在家中，在韓國社會生存也是同一道理。

Charpter 6

3. 要參加大學語學堂嗎？

　　我在懷第二胎的時候到仁荷大學上韓國語學堂，由3級讀到5級，只花了9個月時間。當時我來韓國已經五年了，韓語水平一直不上不下。經過短短9個月的大學密集式學習，自覺突飛猛進。所以每當有人問我如何快速學好韓文，我都會推薦大學語學堂。

令人抗拒的大學語學堂

　　聽到這個答案，人們的反應都很奇怪，充滿各式各樣對大學語學堂的不相信以至迴避的態度。當然，我明白學費必定是其中一個主因，如果有KIIP和多文化中心的免費韓文班，還需要花幾百萬韓元去念大學語學堂？內容都不是一樣嘛？學費以不同大學的名氣決定，普遍來說為期三個月的語學堂，最便宜也150萬韓元（1萬港元）起跳，由1級讀到最高6級，便最少6萬！

　　除了學費，更多人擔心的是學習壓力。大學的是正規教程，不就是大量的背誦以及不斷的考試嗎？如果考試不合格還要花錢重讀，真是「貼錢買難受」。而且還要星期一至五天天回校上課！多煩啊⋯⋯想無壓力輕鬆學好韓文的人太多，但學習沒有捷徑，那就要問問自己，是必須將之學好，還是只當作是一門可有可無的興趣？

三十幾歲人，才到韓國的大學上語學堂學韓文。

仁荷大學語學堂

會選仁荷大學，最主要原因是跟我家的距離最近！而且它是仁川最出名的大學，語學堂的學費也是首都圈中數一數二便宜的。跟其他大學一樣，同學都是年輕人，大部分是越南、中國、蒙古人（仁川就這三個國家的人最多），但認真學習的學生不多，仁荷大學雖然也算少有名氣的，但始終不是最頂級的Ｓ、Ｋ、Ｙ──首爾大學、高麗大學和延世大學。所以來仁川讀書的，大多只是被父母強行送過來留學的，學習氣氛不算很濃，壓力也不大。我這個挺住個大肚子的阿姨，在班上成績算是不錯，雖然寫作很弱，但聽講能力和詞彙都比他們要強。然而他們卻覺得，我韓文比他們好是理所當然的，因為我有個韓國丈夫可以日日練韓文呀！但我肯定自己的韓語能力一定不是從丈夫那裡學到的，因為他一天工作十二三個小時，每星期只休息一天，每天見面的時間不到兩三小時，當中還包括了吃飯洗澡，講的都是日常家事，來來去去都是那幾句。以往我上班的環境，清一色都是中國人，一天能用上韓文的機會少之又少。

仁荷大學是仁川最有名的大學，語學堂的學費較便宜。

我的韓文學習法

真正讓我語言學習之路有所得益的地方，是電視和YouTube。我超喜歡看電視，但只看韓劇是不夠的，因為戲劇未必貼地，我每天必定會看新聞、時事節目、綜藝節目。後來就是看些YouTube頻道，也愛看韓國人的blog，生活大小事上Naver就可以找到有人寫過的blog。跟在香港生活一樣，只是將所看的中文轉成韓文。小時候學校的英文老師也常督促我們多看英文新聞，原理完全一樣！不能小看這些媒介，日積月累下就成了我的韓語根基。

大學語學堂的作用主要是惡補文法，將平時在網上、電視裡學到的東西重新整理和總結。所以說，努力自學和大學語學堂，我認為是缺一不可，不要盲目相信學習有捷徑，最少學習語言是沒有的。如果承受不了語學堂的壓力，日後又如何在外國生活呢？

4. 極速了解韓國的電視節目

　　以前就算很喜歡K-POP，我也不常看韓劇，因為不喜歡花時間等，但為了跟其他人有話題，我通常只會看很有人氣的電影電視。正在學習韓文的話，看韓劇也不失為一個最方便的途徑，寓學習於娛樂，只是看得多，難免會覺得離地。想了解真正的韓國，建議多看時事和綜藝，用字也會更貼近生活。以下幾個是我經常看的韓國節目，韓語要求不高，在觀賞過程中讓人知道更多過去或正在發生的本地事件，愈看愈想看。

電視節目類

꼬리에 꼬리를 무는 그날 이야기（接二連三的那天的故事）

　　SBS台的節目，由三位主持人和三位嘉賓分成三組，每集都會說一個以前發生的韓國奇案，並請到當時的目擊者等親身說法。因為這種說故事的方法生動，剪接又緊湊，往往令人不想轉台，同時告訴年輕一代很多昔日韓國事件，例如三豐百貨倒塌事件、5.16軍事政政變等。

그것이 알고 싶다（想知道那件事）

　　SBS台自1992年首播的長壽節目，主持人金相中的風格也令人印象深刻。以深入調查一些案件或社會發生的事件為主，幾年前轟動韓國的邪教迫害三母子事件，最後揭發三母子真面目就是這個節目的隱藏攝影機，記者非常專業抽絲剝繭，是會忍不住由頭看到尾的節目。

궁금한 이야기Y（令人好奇的故事Y）

　　跟上面的그것이알고싶다相似，都是由記者調查一些事件尋

求真相，但他們的故事較為貼近小市民生活，大約是《東張西望》的upgrade版。例如哪裡有個什麼騙子如何騙婚，什麼地方有個怪婆婆會刮花別人的車等，但他們通常可以訪問到當事人並道出原因和真相，在YouTube可以找到精華片段。

요즘 육아 금쪽같은 내 새끼（最近育兒像金子般我的孩子）

由Channel A製作，是韓國非常受歡迎的育兒節目，主持人之一的吳恩英博士已經成為了家傳戶曉的人物。每集都會分享一個家庭的育兒問題，像真人show般拍攝他們的日常生活，再由吳博士指正他們的育兒方法。好看在於小朋友的心理和情緒問題五花百門，令人大開眼界，有些則是孩子們常見的問題，家中有小朋友的話必看！沒有小朋友的，看完就能理解為人父母之不容易，經常說「生仔要考牌」，有很多問題是考牌也未能解決到的。

극한직업（極限職業）

EBS是韓國的公營教育電視台，所以他們的節目都帶點啟發性，其中我很喜歡《極限職業》這個節目，深入韓國各行各業，每集會追蹤一個行業的日常。說得出是「極限」，他們所採訪的故事，不會只是普通工作那麼簡單，有些更是只在韓國找到，每次看完都覺得長知識了。例如，大家知道韓國祭祀桌上的祭器是如何製作的嗎？平時我們吃的即食包裝牛骨湯是如何煮成的？傳統韓屋是如何保養維修的？

놀라운 토요일 （驚人的星期六）

　　TVn 的綜藝節目，有留意 K-POP 的人也會知道，用遊戲的形式猜歌，有猜歌名的，有聽歌寫出正確歌詞等，有趣之餘還會聽到很多舊歌。

YouTube 類

KBS 다큐 （KBS Docu）

　　韓國國營電視台的紀錄頻道，收錄了他們的時事節目和紀錄片精華片段，不只是韓國，也有關於其他國家的，由於有韓文字幕，韓語初學者必看。

EBS Documentary

　　收錄了教育電視台各個節目的精華片段，同樣有韓文字幕，是學韓文的好幫手，而他們的紀錄片較多是韓國國內發生的人和事，以學生為對象，內容性質亦比較溫和（即是沒有殺人放火呃神騙鬼的沉重社會案件）。

클린 어벤져스 Clean Averagers

　　他們是一間全男班的清潔公司，平時打掃是收費的，但定期會選一些值得幫助的 case 去免費打掃，但條件是屋主需要接受簡單訪問，講講如何由正常人變成儲垃圾的強迫症患者，讓屋主正視自己的問題。不看不知道原來韓國有這麼多垃圾屋，長掃長有，每人都有自己的故事，有人因為抑鬱症、有人因為喪偶、有人因為被欺凌。另外，看著一間混亂得九彩的屋被收拾得整整齊齊，非常治癒。

비디오머그-Video Mug

SBS電視台的新聞頻道，將SBS各個新聞節目剪輯成一些社會時事精讀，讓人用幾分鐘便了解到最近發生在韓國和世界的大事的前因後果。

5. 韓國職場：香港人有優勢？

想必大家都耳聞過韓國是職場地獄，上網找找便能看到台灣人寫了一大堆如何地獄的例子，令人聽而生畏。不過我覺得凡事都是相對的，香港職場也不是天堂吧？應該沒有什麼比生活在香港更艱難了。但無可否認，香港賺錢容易又可觀，如果同樣是地獄的話，韓國平均薪金普遍較低，又辛苦又賺得不多，感覺更差。

韓國薪金水平

2023年韓國人均GDP為33,475美元，香港是50,889美元，在韓國打工十年八年的上班族，月薪超過400萬韓元（28,000港元）已經算不錯。而由於韓國沒有外傭，大部分女性婚後便是全職家庭主婦，經濟重心落在男人身上，400萬韓元月薪如何養活全家？這也是為何韓國人結婚率和出生率低的主因。

本地人也如此，非韓國大學畢業的外國人就更不用說了，月薪大多是200至300萬韓元的水平（1至2萬港元），在香港譚仔阿姐也不只這個薪水吧！所以香港人來韓國找工作初期，難免會心理不平衡。然而，如果用2萬港元月薪在韓國獨自生活，只要不揮霍，一般也夠用的，全因韓國的租金比香港便宜得多。後來我跟朋友們想到一個思考方法來安慰自己：在韓國月薪300萬韓元（2.1萬港元），等於香港月薪3萬港元，這樣打八折的想法就對了，不要太執著於零頭。

當然，如果本身學歷和韓文都優秀，也有機會在韓國找到薪高糧準的工作，無論是來自哪個地區的人，成功與否跟個人實力是成正比的。

Chapter 6

韓國職場文化

韓國職場的地獄之處：階級觀念重，公司的後輩奉旨沖咖啡換水影印打雜，還經常跟老闆和同事聚餐飲酒，瘋狂加班，做後輩的也不能埋怨。不過近年有些大企業如SK及LG的部分部門正在試行四天工作制，希望可以減輕工作壓力。我認為工作很講求際遇，選擇一間對的公司非常重要。個人際遇不好就指控整個國家，並不公平。

外國人若非韓國大學畢業，或韓文強勁得如本地人一樣，一般較難進入韓國傳統大公司，我們接觸到的大多是外資、規模較小的，以及由華人經營的公司，這些公司跟韓國傳統職場的文化也不盡相同，加不加班、階不階級，純粹看老闆意願。之前曾提過我在一間網頁製作公司工作過，那間只有五六個人的小公司，全都是年輕人，沒有聚餐和加班文化，老闆還請我們到日本旅行，毫無架子。

我也在Airbnb的韓國外判華語客服上過班，公司是韓國最大的電話中心，我們則跟隨Airbnb的工作模式，準時上下班、加班有補貼、假期加班雙倍、勤工獎、

我曾在Airbnb的華語客服電話中心上班，辦公室在京畿道富川。

退職金、醫療福利、職場幼稚園等……更重要是一年只有兩次聚餐，跟上司都以名稱稱呼。如果不喜歡韓式職場環境，不妨看看這類外資的歐美模式。

畢竟人生中，個人際遇和運氣佔了很大部分，入錯公司等於嫁錯郎，與其抱怨社會，不如快快轉工方為上策。

香港人的優勢

剛到韓國，會覺得香港人會兩文三語，又有國際視野，優勢肯定比人多。但實情是sad but ture：我們很驕傲的兩文三語──廣東話在韓國沒需求；英文又不是很流利。如果中英文都流利，我們比不上馬來西亞華僑；比普通話，我們不敵在首爾人山人海的中國人，他們玩小紅書微博微信更是出神入化，宣傳剪片樣樣精，韓國人需要的正是這樣的中國式人脈和能力！我們一直引以為傲的東西，其實什麼都不是。

不過香港人還是有一定吸引力，因為我們的大學普遍國際排名比較高，就以我母校浸會大學（2023年QS全球排名281）為例，排名比韓國甚有名氣的梨花女子大學（2023年QS全球排名346）更高，可怕吧（笑）。真正能讓我們成為優勢的，是開放的思維和努力不懈的進修。

自我增值很重要，閒時我也有報讀政府的課程，這個是教人製作YouTube影片的班。

Chapter 6

開放的思維指不自負，多看看有什麼新事物並接受它，Threads出現了就不要只活在Facebook的世界；可以用AI就不要再用原稿紙寫稿，什麼新事物也要嘗試一番。另外，進修也相當重要，韓國人十分重視資格證，韓文跟英文如果不考一兩個國際試，叫老闆如何知道你的能力？加上在自己的工作範疇累積了好幾年的工作經驗，其實我們的profile也可以很亮眼，才能擁有在眾多外國人之中脫穎而出的優勢，這並非單憑兩文三語和國際視野所能做到的。

我修讀過關於醫美翻譯及宣傳的課程，我們組的短片得獎了！

6. 入籍 vs 永住權

十幾二十年前，跟韓國人結婚而又定居於此的香港人不多，投資移民的除了旅遊業人士就沒幾個，現在因為韓流，促進了港韓聯婚，不過未必人人都有紮根的打算，尤其香港曾經輝煌，韓國國籍算什麼？香港護照不好嗎？要在韓國落地生根？不了！比起入籍，永住權更受重視。

永住權跟入籍之分別

永住權是永久居留權的概念，即外國人在韓國擁有永久居留的權利，他們可以享有部分韓國的福利，但並非全部，韓國永住權需要十年續證一次，絕非一勞永逸，而且申請條件比入籍苛刻，讓我看不出申請永住權的理由。

而入籍，即完全成為韓國公民，拿韓國護照，不用再續來續去，擁有跟韓國人一樣的權利、福利，當然也有一些義務。我的想法很簡單，如果已經有家庭有小朋友了，入籍後就不用事事靠丈夫，這不是更好的選擇嗎？

我在剛結婚時已有入籍的打算，但即時被前輩們潑冷水，覺得沒有必要呀，因為續結婚簽證很容易，又或永住權就可以了，為何要自貶身價做韓國人？不過，最大的原因，我想是他們以為國籍只能韓國香港二選一，但原來入韓國籍是不用放棄香港身份！

不需要放棄香港身份

韓國不允許雙重國籍，是就韓國出生的本地人而言。對於想入籍的外國人，這方面是相對寬鬆的，如果我們本身的母國

Chapter 6

允許雙重國籍，入籍韓國後可以保留母國國籍，只需要簽署一份「不行駛外國國籍聲明書」就可以了，即是在韓國境內不能使用外國護照或外國人才能享有的權利，例如，從韓國出發去海外旅行，只能用韓國護照出境。

但如果母國不允許雙重國籍，那入韓籍就要放棄母國國籍了，中國就是其中之一，所以人妻們的憂慮也可以理解。在十年前大家都只是在道聽途說，入籍很艱難、入籍要放棄香港護照的，傳聞很多，卻沒有幾個香港人真正申請過，大部分寫攻略的都是台灣人——如何申請文件、如何去考試，都只能靠自己一步步完成。在這個過程，讓我了解到人生的另一個真理：不用因為別人的話質疑自己的信念，只有自己的真實感受，才是最值得相信的。

考韓國國籍面試合格，我得到一份國籍取得證書，很像我的大學畢業證書（笑）。

我在2019年遞交入籍申請，剛好在疫情封關前準備好一切，過後香港的社會氣氛轉變了許多，入籍韓國由以往的被受質疑，在韓港人們慢慢變得積極。然後歷時三年的疫情中，回香港做無犯罪紀錄證明的難度高了，但愈難便愈想要得到，甚至在韓港人開始研究不回香港也能申請良民證的方法。

得到國籍立即改個韓國名，再去申請韓國護照。韓國護照能免簽193個國家，世界第二（2024年度）。

世事常變，滄海桑田。以往嫁到異國，跟丈夫吵架或生活不如意，我們很容易會說出晦氣話：「大不了就回香港！」。突然間，回香港已不是最優先的選擇，這又有誰會預料得到呢。

Chapter 6

1. 入籍面試要唱國歌？

申請入籍前有很多前輩告訴我，面試有多難，其實難就難在既要有韓文能力，也要死記爛背，背讀韓國歷史經濟文化社會民生等議題，不是人人在行的。

入籍考試

結婚移民的入籍考核方式有兩種，二選一，我走的是直接在出入局面試的路，也是一般人認為較難的方式。其他人大多會選第二種，簡稱KIIP的社會統合課程，內容及詳情在上幾篇文章有提及，在此不贅。由於要完成KIIP課程需要花上幾個月時間，對於沒有耐性的我實在是個折磨，既然有一定韓語水平，對韓國文化已經有一定認識，再上堂也只是浪費時間。不如用最快的方法，通過出入局直接面試，才是省時的首選。

面試內容

向出入局遞表申請入籍後三至六個月左右，就會收到面試通知書，考試日期定在收信後的幾星期。由於只有兩次面試機會，考不過就要重新申請，重新申請需再繳交30萬韓元（2,100港元）申請費。為了不白花錢，便稍為努力地溫習下試題，於是立即在書店買了一本「귀화면접（歸化面試）」的書，大約了解考試範圍。包含以下部分：

唱國歌：韓國國歌叫《愛國歌》，分為四節，只需唱第一節。（有人覺得很難，但如果連BTS的歌都能唱得出，國歌何難之有？）

短文朗讀及問答：考韓語閱讀能力。網上可找到所有範本，努力溫習就可以。

韓國基本知識：節日及紀念日、貨幣、人口、地域名稱、國旗國歌國花等。

韓國歷史：古韓國、三國、朝鮮、日治時期至臨時政府時期的主要事件名稱、年份、地點、人物。

南北分裂及統一的必要性：了解南北韓的恩怨情仇。

韓國的民主及政治：自由民主及民權的定義、三權分立、憲法原理、憲法、國民義務、政黨及政治人物的基本認識。

韓國傳統文化：主要傳統節日、禮節、傳統飲食、韓屋韓服、傳統音樂和玩意等。

韓國的文化遺產：對韓國境內的世界文化遺產之認識。

韓國的制度及生活：韓國的政府部門名稱及其功用、公共設施、重要電話號碼。最後就是不太需要記的一些生活常識，例如乘巴士要排隊、地鐵上要讓座、提款要去銀行、綠燈才可以過馬路等等。

韓國時事：最近發生的韓國新聞社會時事。

單看以上的範圍的確有點嚇人，中史我也未必能全部知曉，更何況是韓國的？但事實上，在YouTube便可以找到大量資料，要感謝熱衷入籍韓國的越南人們，他們早就製作了很多試題攻略視頻，更有越南新娘製作了「出現頻率最高的四百條問題」，我用了兩星期，瘋狂吸收他們的YouTube精讀，便去出入局赴考。

Chapter 6

面試流程

考試的地方是在仁川出入局二樓的一個小房間，一貫陳年政府建築物的格局，深色木系帶點冷冷的色調，考官是兩個中年男人，沒有太多表情說話也沒太多溫度，大概全世界的出入局都是這樣的氛圍吧。然後其中一人讓我作簡單的自我介紹，問我丈夫的名字，有幾個孩子、為什麼想入籍等。然後進行短文朗讀，他選了一篇關於兒童早期教育的文章給我。

朗讀完文章，才唱國歌。香港長大的80後，大概都不甚了解唱國歌升國旗時該做什麼，我差點忘記了要站起來，右手放在胸前眼望國旗，幸好在最後一刻想起來了。

唱完國歌，便可以坐下回答問題。努力地用幾星期時間將YouTube上「出現頻率最高的四百條問題」背到滾瓜爛熟，全為了回答這短短的15個問題而已。考官並沒有體諒我是三寶媽而說慢點，加上當時是疫情時期帶著口罩，音量小又看不到口型，全程最緊張的不是問題的難易，而是這個聽力測試！如果聽不明白，可以要求再考官說一次，但他最多只會說兩次。遇上不會的問題時可以先pass，最後才補答，又或你可以隨時修正之前的答案。我很努力地記住了部分問題：

・韓國最南面的島的名字。

・1,000韓元紙幣上的人物是誰？

・負責國民教育事宜的政府部門是什麼？

・南北韓戰爭開始的年月日。

・在上海虹口公園丟炸彈的是誰？

・1919年那一場抗日運動是什麼運動？

・使用金融服務要用真實的名字，這個制度叫什麼制度？

・成立（韓國）兒童節的人是誰？

・朝鮮最有名的發明家是誰？

・紀念憲法頒布的日子是什麼日子？

・高麗建國的王叫什麼名字？

・外國人入籍的事情有一些法例去規範，叫做什麼法？

・申告公務員不法行為的政府機構是什麼？

　　過程不用十五分鐘便完成。考試當天是星期五中午，我在星期六早上十點就收到出入局的短訊通知，我合格了！一take pass！

　　不過有人覺得那是因為我在韓國待得久，生得夠多小孩，所以考官一定會給我合格。什麼？真生氣！就算已經生了三四五個小孩，就算考官問的問題如何簡單，也需要當事人答得對才行，我跟其他人溫習的範圍是一樣多的呀！做了媽媽，就很容易被人忽略我們的付出，抹煞我們所作出過的努力。

Charpter 7

第七章

韓國玩什麼？

1. 還去明洞東大門？發掘新景點吧！

　　疫情後，朋友來首爾旅行，跟我說，韓國人變了，物價高了，事物普通了，吸引力少了。有次在網上看到這樣的討論：「日本去旅遊就好，長住不宜。」這句其實是萬能 Key，可以套用在任何國家，但好像不能套用在韓國身上，因為人們開始覺得，去韓國旅遊？不了，長住？更不了。

　　太過商業化的旅遊區，確實失去了原有的純粹。近年韓國有很多供文青打卡的景點，但因為加租壓力，原有的小店都被迫遷，漸漸淪為沒趣的純旅遊區。十多年前新興的弘大、新村、延南洞、梨泰園等，以往充滿本土氣息，現在卻跟明洞沒什麼分別，如果第一次來韓國看的全是這些地方，我應該也不會想再來了。多發掘新興景點，看看首爾的不同面貌吧！

聖水洞

　　近年大受歡迎的聖水洞，位於首爾東面的聖水地鐵站至首爾林一帶。90 年代以前這地方還是個倉庫林立的輕工業小區，聚集了印刷廠、皮鞋廠和各種零件的工場，後來工業式微，空置的建築物又型又復古，吸引了不少特色小店和食肆進駐，成為現今年輕人最喜歡的地區，就像當年的延南洞一樣！本地 MZ 世代（千禧一代）無論是文青或潮人，都必定會到此一遊，喜歡咖啡店文化人士也絕對不會失望，這裡

這間叫젠젠的是人氣咖啡店之一。

Chapter 7

有很多打卡 Cafe，連 Dior 概念店和 cafe 也選址於此呢。逛完更可以順便到訪附近的首爾林——一個佔地 35 萬坪的休憩大公園，享受鬧市中的寧靜。

益善洞

這個疏乎里 pancake 很好吃呢。

聖水洞有很多特色 cafe。

　　益善洞是在仁寺洞和宗廟之間的小區，一條不算長的街道，卻保留了韓式的建築群，當中不少成了咖啡店和餐廳。同樣是以傳統文化及韓屋建築做賣點的仁寺洞，已經是個無人不知的旅遊區，不禁令人感到乏味，那就不如往益善洞走走，這裡還沒有太商業化的味道，而且很好拍照，是情侶約會的熱點呢。

益善洞有不少傳統韓屋氛圍的食店，也是文青打卡熱點。

蠶室樂天世界塔

　　以前去蠶室就是為了樂天世界，或到石村湖看櫻花。自從 Lotte World Mall 落成後，我一年之中也有幾次因為想逛逛商場而遠道而來呢！因為這個地方太像香港了，商場分為兩邊，一邊是商場一邊是免稅店，想奢侈有奢侈，想道地有道地，還可以吃到我最愛的香港添好運點心和澳洲 Bills 的 ricotta hotcake！順道

登上首爾新地標樂天世界塔，這是2024年為止世界第六高的建築物，內裡有酒店、office、住宅、餐廳食肆，頂層123樓的觀景台 Seoul Sky，將首爾360度全景盡收眼底，而且只需在商場買票坐電梯便可直達，比上南山塔還方便，Seoul Sky 有一處設有透明地板，讓你站在百幾層樓高俯瞰地上的人和車，名副其實的「大地在我腳下」！

樂天世界塔是近年首爾的地標。

Chapter 7

塔上的觀景台有透明地板，望向百多層的街道，甚為壯觀。

The Hyundai Seoul

想逛商場百貨就不要再去明洞了！當下首爾最大型最人氣的購物中心，非汝矣島的The Hyundai Seoul莫屬。面積有如十三個足球場大小，集商業購物、展覽場地、文藝設施、室內植物園於一身，天花由玻璃製成，天然採光更具自然氣息。自2021年建成以來，一直是本地人的打卡熱點。The Hyundai Seoul跟汝矣渡口站很近，更可順道一遊漢江，櫻花季必去的汝矣島輪中路就位於此。

室內植物是The Hyundai Seoul的一大特色。

位於汝矣渡口站，開業三年一直都極有人氣。

望遠市場

　　不久前才有新聞指廣藏市場「劏客」，欲想感受韓國傳統市場的氣氛，不妨去更為「貼地」的望遠市場。一般的傳統市場，人和商店都很容易會出現老態，但望遠市場在合井附近，一直保持生氣，就算年輕人到此也不會感到格格不入。傳統市場必吃的小食如辣炒年糕、魚餅串、血腸湯、炸雞塊、煎肉餅、韓式熱狗和冬甩等，必買如烤紫菜、年糕、水果等應有盡有，還有大腸鍋名店청어람本店都在這市場內呢！

望遠市場是一個很有朝氣的傳統市場。市場內必吃的小食，炸雞塊肯定是其中之一。

②.三寶家庭的周末好去處

　　疫情前我經常回港探親，懷孕時跟小朋友出世後，完全感受到港韓兩地對育兒的差別頗大。香港人多車多壓力多，對老弱婦孺的忍受程度較低，以個人的感受行先；而韓國則比較重視對老弱婦孺的照顧。

韓國育兒友好

　　以公共交通作例子，懷孕時或帶著小朋友乘地鐵，我很少沒有被人讓座。韓國的公共交通工具敬老席，年輕人怕坐，因為坐著坐著可能就會被長輩們訓示了，不過講讓不讓座，肯定又會惹來一陣激烈討論，可沒有一定要讓座的道理啊！我完全贊成，人是自由的。不過在韓國這方面好像沒有什麼懸念，別人有需要就讓座，有什麼需要考慮的。

　　反觀在香港很怕帶小朋友外出。有次跟兩個女兒去海洋公園，推著嬰兒車入地鐵，不小心車輪碰到一位女子，她立即「摺」一聲，然後用不友善的語氣說：「你架bb車整到我呀！」聲音頗大，四周的人都看著我們，活像我犯了什麼大錯事似的。後來在 Threads 上見到有人討論，推 bb 車進入升降機應否摺車，我才恍然大悟，香港育兒規矩竟如此多！

無小孩區域

　　韓國卻輕鬆得很，平時搭地鐵不用怕別人的目光，推什麼款式的bb車都沒問題，遇到主動幫忙的人機會率也高，不過，在繁忙時間人太多就不宜跟小朋友乘地鐵了。另外，大型超市、百貨公司、商場，大多有免費嬰兒車借用（是借用啊，可不像

海洋公園要付費租用），商場及地鐵站也設有幼兒休息室，如果去明洞逛百貨公司，一定要看看他們的幼兒休息室，設備齊全，旁邊有嬰兒食品出售，連bb床也提供！小朋友累了也可以小睡一會，夠細心吧。

當然，韓國也會有不適合小朋友的景點，弘大、新村、延南洞、聖水洞那些年輕人旅遊地，有些網紅打卡的cafe或食店，會張貼「no kids zone」字樣，不歡迎小孩入內。除此之外，吃下酒菜的地方，包裝馬車等人多嘈雜，都不適合年紀太小的小朋友，韓國這麼大，還有很多地方值得跟小孩一去。

周末Kids Cafe放電

Kids Cafe超多，是韓國媽媽最喜歡的育兒場地之一。

如果是平時的周末，想輕鬆點的話我會帶家中三位去kids cafe。韓國特別多kids cafe，連鎖店如Champion，在龍山地鐵站也有分店，是個比較大型的室內遊樂場，另外還有很多小型的，有跳彈床有煮飯仔有遊戲機，價錢由7,000到12,000韓元（40至70港元）一小時。也有些由政府經營，兩小時起只需2,000至3,000韓元（20港元），超便宜的！另外有些包場式的kids cafe房類似party room，不過房間內有個遊樂場，最適合用來開小朋友生日會！

除了幼稚園小朋友喜歡的室內遊樂場式kids cafe，也有適合小學生的靜態kids cafe，近年就很流行「슬라임 카페（slime cafe）」，小朋友很喜歡玩的slime，我稱之為「鬼口水」，原來

分為好幾個種類，加入不同的toppings，再不斷揉合，雖然我不懂欣賞，但他們卻覺得很治癒。一份slime大約10,000至15,000韓元（60至90港元），可以任加toppings，這樣一玩便幾個小時。還有玩具cafe、勞作cafe等非常很多樣化，消耗小朋友的精力。

仁川有草地的公園很多，周末去野餐成為日常活動。

一打三去野餐

由於丈夫周末也要上班，偽單親又想帶小朋友外

Chapter 7

出走走，我便會簡簡單單地去野餐！有興致的話，即興弄幾個野餐盒；有時怕煩，就去便利店買些簡單食品，找個離我們家最近且有草地的公園席地而坐，小孩子可以邊吃邊在草地上任跑任跳，尋找快樂其實不複雜。首都圈有很多又大又有草地的公園，我跟小朋友經常去仁川的青羅湖水公園、連喜自然公園、月尾公園，這些地方都很適合野餐。如果碰巧櫻花季，一定要到訪仁川西區的新石體育公園，在櫻花樹前野餐，花海就近在咫尺，美不勝收！

周末小旅行

每逢長假期老公休息，我們便會選個首爾近郊的島嶼一家大小出遊，車程大約一小時內，這樣就不怕小朋友會暈車浪。以前一天遊多去機場所在的永宗島，有海灘可以玩水，又有海邊鐵路自行車、大量特色cafe，以及韓國人鍾情的本地度假酒店Paradise City和Inspire，是個本地人的度假熱點。

如果是兩日一夜，我們喜歡江華島，原因也是夠近！而且島上大量度假屋，豐儉由人，景點亦多樣化：席毛島溫泉、海灘、科學館、世界文化遺產江華支石墓群，而龍興宮（용흥궁）更是電視劇《哲仁王后》那個哲宗小時候住的地方。就算不去任何景點，到度假屋住一晚，只游水和BBQ，對我們一家五口來說已經是很好的家庭樂！

3. 韓國飲食歧視？！

　　年輕時為了看2PM演唱會，曾試過兩次獨自到韓國旅行。卻發現很多食肆是不能一個人去吃的。記得獨遊第一天剛放下行李，去了明洞打算吃烤肉，老闆就不讓我一個人吃，不過見我是遊客，還是招待我讓我點二人份的。那時候我就知道韓國有這樣的獨遊歧視，不只是烤肉，但凡要二人份起，如牛骨鍋、烤腸、辣炒雞、海鮮鍋，甚至是吃煎餅飲米酒的店等，全都不能一個人吃，即使你肯點兩人份，餐廳也不讓你入坐。

　　後來我有問過一些韓國人，以及從事飲食業多年的丈夫，「獨遊歧視」只是因為韓國人愛飲酒，烤物湯鍋佐酒最佳，通常喝過一支又一支，酒是餐廳內最能賺錢的部分，若幾個人一起吃，還必定點個炒飯或冷面，盈利就會較一個人點二人份更可觀了。

一人前可以吃什麼

　　十幾年過去，我覺得現在的情況大有改善，可能是因為現在通脹得厲害，生意難做，很多店都比以前「懂轉彎」，能賺多少就賺多少。但如果是一些人氣店，或處於人流多的時段，可能也有「獨遊歧視」存在。幸好現在出現不少可以一人前的餐廳，在 Naver 搜尋你想去的那區的「혼밥식당（獨飯食堂）」，就會找到一大堆，甚至會出現一些一人烤肉店，例如延南洞的혼고집（獨肉店），弘大也有的連鎖店스테이키（STEAK!），每個桌上都有一個小屏幕，自己點菜自己刷卡，自閉得來蠻有趣的。除了烤肉，也有連鎖的定食店，例如제육폭식（祭肉暴食）就是辣炒豬定食配湯鍋；超多分店的핵밥（核飯）則是吃韓式蓋飯。

其實就算不是新派獨飯食堂，在韓國的傳統飲食中還是有很多可供一人前的食物，吃감자탕（薯仔湯）的店一人前叫뼈해장국（豬骨解酒湯），材料和味道基本上是一樣的，另外還有血腸湯飯、豬肉湯飯、雪濃湯、人蔘雞、嫩豆腐鍋、紫菜包飯配辣炒年糕、各式的拌飯、刀切麵、炸醬麵等，甚至是炸雞，都可以一人前，總會找到一款適合自己口味的，就別再抱怨韓國食肆「冇啖好食」了。

現在韓國多了不少一人食店，烤肉也可以一人前。

一人前韓食比想像中要多，早前我獨自去釜山旅行，吃了名物豬肉湯飯和湯麵。

4. 我最喜愛之韓國食物

韓國菜都是辣的？

曾有朋友投訴，在韓國吃到就算表明是不辣的食物，其實都是帶微辣的，而且紅色醬汁食物的味道都差不多，於是便得出結論：韓國菜不適合不吃辣人士，就算吃得辣，味道也大同小異，沒什麼好吃。韓國人的確一般較能吃辣，所以在辣度上可能跟我們的認知有點差異。通常他們會用「辛辣麵」和「辣雞麵」的辣度作標準，比辛辣麵溫和的，大概就跟不辣差不多，而比辣雞麵更辣的程度，才叫真正的辣。

至於「韓國的食物都是同一個味道」這說法我就不敢苟同了，覺得味道一樣可能只是因為試得不夠多！以下是我平時喜歡的韓國食品和心水店推介，都是零辣度至微辣的，適合大眾口味，當中大多都是捱過三年疫情的老店，足見實力非凡，有機會的話不妨一試。

牛骨鍋（갈비탕）

韓國飲食中有不少食品都不是紅色的！聽說不喜歡吃辣的日本人來到韓國，最喜歡便是吃「一隻雞」，即白煮雞煮到軟糯然後以雞湯下麵條或做成粥，不過我嫌清淡了點。不辣食物的首選，我喜歡강남면옥（江南麵屋）的狎鷗亭總店，他們的牛骨湯（갈비탕）很合我的口味，比較濃味，不像其他店的清淡；另外還有招牌的牛骨鍋（갈비찜），牛肋骨連同菇類、紅棗等用醬油炆煮，又軟又香甜，非常惹味，是很多本地人都讚口不絕的牛肋骨湯店。

這個肯定是我吃過最好吃的牛骨湯之一。牛骨鍋香甜微辣，醬汁用來拌飯，是白飯小偷。

江南麵屋本店（강남면옥）

地址：首爾市江南區論峴路152街34（서울특별시 강남구 논현로152길34）

電話：（82）02-3446-5539

人蔘雞（삼계탕）

來到韓國必吃的人蔘雞，我通常都會去景福宮的「土俗村」，味道不錯，不過湯頭的口味較清淡。如果想試試濃稠的版本，不妨到永登甫區一趟，地鐵신풍（新豐）站附近的湖水蔘雞湯。曾被譽為韓國四大人蔘雞之一，加入紫蘇籽、白米磨成的粉末，跟雞湯一起熬煮成濃濃湯汁，配合原隻軟糯離骨的雞肉，值得一試。

湖水蔘雞湯的湯頭添加了白紫蘇粉，濃稠香滑。

不在旅遊區，卻在同一條街佔了幾個舖位，可見受歡迎程度。

元祖湖水蔘雞湯（원조호수삼계탕）

地址：首爾市永登甫區道林路274-1（서울특별시 영등포구 도림로276）

電話：（82）02-848-2440

牛腸（곱창）

牛腸通常都是烤，但原來湯鍋也很出色。

我最喜歡的韓國食品——곱창（牛腸）！곱창指的是牛粉腸，烤到香香的，入口爆汁，喜歡吃內臟的人才會明白箇中滋味。在韓國，牛腸通常都是烤的，但也有放湯吃的牛腸鍋（곱창전골），

望遠市場就有一家牛腸鍋很有名的店청어람，很受街坊歡迎，微辣湯底內有牛粉腸、菇、大蔥、烏冬等，牛腸預先煮過，口感很軟腍，跟烤的感覺完全不同，他們也有賣烤牛腸，真的超愛！

청어람
地址：首爾市麻浦區望遠洞 482-3（서울특별시 마포 구망원동 482-3）
電話：(82) 02-332-1411

烤牛肉（불고기）

以前住首爾時常去，份量大，跟朋友一起去最佳。甜甜的肉汁流到坑邊煮粉絲，盡吸湯汁，超惹味。

如果在弘大想不到吃什麼，我就會去這家堆積如山烤牛肉，因為是24小時營業的，而且肉的份量也多，吃得很滋味。韓國的傳統食品「불고기」直譯為烤牛肉，通常指用醬汁醃過的牛肉，放在烤盤上邊烤醬汁邊流出來，流到烤盤的邊緣坑位，甜甜的湯汁配上大蔥絲和韓式粉絲一同進食，一流享受！

24時堆積如山烤牛肉（24時산더미불고기）

地址：首爾市麻浦區西橋洞403-16（서울시 마포구 서교동403-16）

電造：（82）0507-1305-7626

雪濃湯（설렁탕）

百年歷史的雪濃湯，用牛肉和牛骨熬成淡白湯頭，煮時沒加鹽，吃前記得自行調味。據說此店朝鮮末年已在，是鐘路現存最早開業的食肆。

　　以牛骨熬成的雪濃湯，跟人蔘雞一樣是傳統的韓國湯類食品。首爾最出名的必定是有米之蓮的推介食店，有過百年歷史

Charpter 7

的이문설렁탕（里門雪濃湯）。雪濃湯用牛腿骨、牛筋和牛肉一起熬煮最少十七八個小時，期間還要不停去除油脂，使湯頭清澈順滑，由於在煮製時不會加入其他調味料，因此在上桌時可按自己口味添加辣醬、鹽等調味。

仁川有間連韓國食家都推介的隱世小店，是位於東仁川松林洞（송림동），有四五十年歷史，Vintage 得連名字也沒有，招牌只寫著「해장국（解酒湯）」三個字，雖然這樣，吃飯時間仍需要排隊入坐，從上午5點營業至下午3點便下班，很有架勢。現在已經是第二代經營了，早上10點半前吃解酒湯，10點半後才供應雪濃湯，肉味濃郁，而且牛肉的份量比一般店的雪濃湯更多，令人吃得很滿足。

仁川最好吃的雪濃湯！不似一般的清淡，這間有老火湯的感覺，牛肉份量也多。在小巷不起眼的老店，不近地鐵站，去開中華街或新浦市場的話順路不妨試試。

里門雪濃湯（이문설렁탕）

地址：首爾市鐘路區郵政局路38-13（서울 종로구 우정국로38-13）

電話：（82）02-733-6526

松林洞解酒湯店（송림동해장국집）

地址：仁川東區東山路87街6（인천 동구 동산로87번길6）

電話：（82）032-766-0335

泡菜鍋（김치찌개）

芳山市場內的泡菜湯老店，味道酸甜不辣。他們午市只賣泡菜湯（二人份起），晚市只賣烤五花肉送泡菜湯。

　　其實我一向不喜歡吃酸酸的泡菜鍋，但這家卻是個例外！乙支路四街地鐵站四號出口附近的芳山市場內，這家四十多年歷史的老店「은주정」是較多本地人光顧的人氣食店，從中午11點半到下午5點只賣泡菜鍋（二人份起），5點後則只賣烤五花肉，同樣是二人份起，吃完烤肉後還會免費送上泡菜鍋。他們的烤肉普通，都是那個味道，重點是泡菜鍋，辣度低酸酸甜甜，有點像番茄湯，我也是第一次吃到這樣易入口而不嗆喉的，真好吃！

晚市迫滿了附近的上班族。

Chapter 7

恩珠情（은주정）

電話：（82）02-2265-4669

地址：首爾市中區昌慶宮路8街32（서울 중구 창경궁로8길32）

薯仔湯（감자탕）

又是老店！不過在競爭激烈的韓國可以屹立不倒，也真需要點實力。近年已重新裝修，位於乙支路三街的동원집，供應薯仔湯和血腸湯。別家的薯仔湯二人份以上的大鍋才叫감자탕（薯仔湯），一人份的叫뼈해장국（豬骨解酒湯，沒有薯仔），而這家的一人份也叫薯仔湯（감자국，不過用的是국字不是탕字，意思一樣）。肉量澎湃，豬肋骨煮至軟腍一夾即散開，有些肉更已融入湯內了，微辣得來十分惹味，跟一般的薯仔湯風味不同，必吃！

東元家（동원집）

地址：首爾市中區退溪路27街48（서울특별시 중구 퇴계로27길48）

電話：（82）02-2265-1339

他們的薯仔湯將豬骨煮到骨肉分離，肉質軟熟，跟一般店的口味不同。

菜包飯（쌈밥）

　　即將搬到機場所在的永宗島，名物其中就有쌈밥，即滿滿一桌的傳統韓式小菜，跟一般韓食不同，菜包飯賣點在任吃的新鮮蔬菜上，用菜包住飯以及自家製的大醬（쌈장）同吃，不知不覺會吃了很多菜，實在非常健康。我喜歡的一家叫故睦情（고목정），小菜款式較多味道也平均，但丈夫喜歡的另一間叫해송（海松），是間人龍店，因為主菜的辣炒豬肉可以任添，而且大醬加入了花生和螺肉，口味獨特。所以即使遠到在機場旁邊，平日下午也有超多在附近上班的韓國人捧場。

永宗島名物菜包飯，滿桌子的小菜，除了主菜辣炒豬肉其他都可以添吃，這裏是三人份。

故睦情菜包飯本店（고목정쌈밥 본점）

地址：仁川中區龍游西路172街10（인천 중구 용유서로172번길10）

電話：(82) 0507-1378-7785

海松菜包飯（해송쌈밥）

地址：仁川中區空港西路177（인천 중구 공항서로177）

電話：(82) 032-747-0073

炸雞（치킨）

即叫即炸即吃，比起外賣更熱辣香脆。

　　市面上已經有很多連鎖炸雞店，為何還要介紹炸雞？這間在付岩洞的계열사（雞熱社）屬於元祖級別、同時是被稱為「首爾三大」的炸雞店，連劉在錫的節目都曾經去請教過他們的老奶奶做炸雞的秘訣！口味是比較老派的做法，沒有太多調味，簡單醃過上薄漿炸至金黃，熱辣辣皮超脆，而雞肉還是嫩嫩的，

帶點淡淡的薑香，配上同樣香脆的炸薯仔，真的會想一吃再吃！不過重點是，跟一般炸雞店相反，他們的客人堂食比例頗高，炸物這種東西，堂食是無敵的，外帶回家就會大打折扣。付岩洞在景福宮後面，鄰近青瓦台，是首爾的後花園，有高尚住宅、美術館、傳統韓屋，又可以行山，山上的咖啡店景色優美，下山後來吃隻雞，更覺美味。

雞熱社（계열사）

地址：首爾市鐘路區白石東路7（서울 종로구 백석동길7）

電話：（82）02-391-3566

5. 韓國飲食小知識

常吃韓國菜不熱氣嗎？

以為韓國人天天都烤肉、炸雞、泡菜、辛辣飲食，並認為這就代表了韓國飲食的全部，實在是種對韓國飲食的刻板印象。事實上，不吃泡菜不吃辣的韓國人是存在的！我以前公司就有位韓國女同事，因不吃辣所以一律不吃紅色的泡菜。

烤肉炸雞的時機

烤肉對本地人來說，有如去大排檔吃幾個小炒，不會經常去，但到了周末或朋友聚餐時就特別想吃。經常烤的話多麻煩啊！外出吃不便宜，在家烤則滿屋油燒。有時我趁打折，連續幾天買了五花肉回家，丈夫看到後也問：「下？又烤肉啊？」炸雞也愈來愈貴了，貴得加價會上新聞，大蔥和炸雞的價格，成為韓國的通脹指標。現在我家通常是因為丈夫想飲酒、在家看足球或特別勞累想犒賞自己時，才會想起炸雞。

不過話說回來，韓國人可真沒有熱氣的概念，可能是氣候環境跟南方的香港不同，韓國人喜歡喝冰水和華人視為寒涼的海帶湯，也許都有點關聯。本地人可能會說烤肉油膩，但從來沒有熱氣。

補身飲食

那麼，韓國人有補身概念嗎？如果在街上見到「보신탕（補身湯）、영양탕（營養湯）、보양탕（補養湯）」，千萬不要以為是什麼藥膳菜，那是狗肉湯的意思，不過隨著韓國國會在2024年初立法，並於2027年全面禁止狗肉食品，所以這些店現在收

一間少一間，不容易找到。

　　韓國人補身，主要都是人蔘，不過暖烘烘的人蔘雞，卻在一年之中最熱的三伏吃才最補，實行以熱攻熱。另外一些我們覺得很普通的食材，對本地人來說很養生，例如鰻魚、海帶、泥鰍湯、蠔飯、粥、鴨肉、內臟湯等，為什麼呢？在於高蛋白質高礦物質，又或清淡幫助消化，能補充身體所需。有些人更會買一包包由「보신원（補身院，一種製作韓式補藥的店，跟狗肉無關）」特製的椰菜汁、洋蔥汁、梨汁、桔梗汁，通常一箱三十包地買，每天一包被認為有益健康。

人蔘和紅蔘是韓國人頭號補身飲食。

一日三餐吃什麼？

　　韓國人的正餐，主要吃반찬（飯饡），即「小菜」的意思，不過韓國的小菜跟我們的大有不同，所有東西都可以是一道小菜，泡菜、紫菜，甚至一條青瓜蘸大醬吃，也能叫반찬，常常吃到的小菜如涼拌菠菜、蛋卷、醬油薯仔、醬油鵪鶉蛋等，每餐約有兩三道，然而加上一個我常吃的大醬湯、泡菜湯、牛肉

韓國家庭，每天必備幾抹小菜，加個飯和湯就是簡單一餐。

Chapter 7

蘿蔔湯、明太魚干蛋花湯、牛肉海帶湯、蘿蔔葉乾大醬湯等。
如果是豐富一點的晚餐，可以再添一道肉類或魚類主菜，烤牛
肉、辣炒豬、煎鯖魚等。韓食也可以吃得健康而多樣化。

在首爾大附近，我以前經常一個人去吃的大醬湯店，小菜每天不
同，一星期最少去三天。

韓式家常白飯店

　　傳統的韓國人像日本人一樣早上都會吃飯，一日三餐就是
這樣小菜、湯、白飯，無限循環。早餐吃麵包吃粟米片？不行！
老一輩覺得這些都是零食（笑）。在以往，韓國人妻子每天就是
不停煮小菜，一煮便煮好一大盒，一盒可吃上兩三天，現今市
面上可找到賣小菜的店，女人不用再委屈自己了，不想煮便去
買吧，小菜店煮的有時比自己煮的更好吃呢。如果來到韓國也
想試試這種家常餐，不妨找找叫「백반（白飯）」的店，吃的
就是多款小菜的家常定食，而且韓國的食肆，小菜通常都是可
以任添的啊。

飲酒和續攤

在韓國特色菜中，也有布帳馬車，韓劇中經常出現，是主角們飲酒聊天的地方，早上不見影，到晚上才出現，在帳篷內看著馬車大媽席前即煮，真的超有feel！不過布帳馬車是喝酒的地方，吃的是下酒菜，所以請不要對味道有過度期待，畢竟酒才是主角呢。在韓國飲食文化之中，酒和續攤也佔一席位，跟朋友相聚，吃完正餐就會離開去續攤，酒舖飲酒、咖啡店飲咖啡、唱K、炸雞和布帳馬車，都是續攤的好地點。

Chapter 7

1. 為何韓國人都喝瓶裝水？

如果看到他們在喝幾十元一支的fugi water，那絕對是有耍帥的成分，哈哈！

不過韓國不少家庭都習慣飲用支裝水，2公升大支裝的那種，如果家庭人數較少，支裝水絕對比自己煲水更方便。不過，一般家庭會租用淨水機，而淨水機其實只是將水喉水過濾成可飲用水，以前就發生過淨水機出現不明沉澱物事件，所以至今仍然有對淨水機不信任的人只喝支裝水，不喝自來水，即使煮滾了也不行。

2. 在韓國不怕被人偷手機嗎？

這個是韓國人的日常，在這方面他們蠻相信人性光輝的。手機真的比較少人偷，我的大女兒曾遺失過手機最少五次，在街上跌過，還有在cafe、麵包店、Daiso、巴士……最後總會有人將手機送到派出所，有次甚至是由巴士司機直接開巴士送到我們店，神奇吧！不過銀包就不要嘗試了，因為現金沒有記認，被人拿了100%就沒有了。

3. 韓國人常常橫衝直撞？

對的，任何時間，地點：地鐵站內最常見，人物：阿婆阿伯大叔。可能是種苦難基因，韓國五六十年代或之前一直是貧苦之國，戰亂、走難、飢餓的童年、朝不保夕的生活。在他們成長的年代，推人撞人是平常不過的行為，到現在都難以改變。事實上當本地人在街上被撞，也會即場發牢騷，就如香港人的抱怨。

4. 在韓國一定要化妝嗎？

也不一定，看地點、場合。上班、見朋友、去一些人多的地方等，化淡妝是種禮儀，尊重別人也尊重自己。但如果只是到街市買棵菜，其實不化妝也沒問題，韓媽們都會素顏接子女返放學，到樓下便利店買東西，穿上國民拖鞋甚至毛毛睡衣便出門了。

5. 在韓國一定要說敬語嗎？

敬語分為幾個類型，如果講究起來的確相當麻煩。但以我經驗，來韓國不久的外國人，一律講最簡單的「-요」禮貌型，韓國人一般也不會介意。但在傳統韓國職場，敬語則非常重要，即使是工作久了的外國人也不例外。雖然如此，面對十分親近的親人，很多時是連「-요」也不用的，平語即可，夫婦、母子如是。

6. 韓國有很多邪教嗎？

在外國人多的地方、大學區，不時有人以各種開場白跟外國人聊天，例如問「小姐你的衣服在哪裡買的？」、「你知道XXX在哪裡呢？」剛開始時你完全不覺得他們在傳教的，然後便硬要跟你對話。在街上遇到陌生人問東問西，裝作不會韓語離開就好了。

7. 韓國人很喜歡整容嗎？

在首爾較容易見到「膠面人」，但首爾以外的城市，例如我居住的仁川，其實不覺得有特別多。比起花大錢開刀風險高的整容，一般市民更喜歡風險低的微調和醫美，較不容易察覺得到。

結語

　　十三世紀偉大的旅行家 Marco Polo 遊歷亞洲 17 年後，著成
《馬可波羅遊記》，面對一片質疑他最後說道：「我還未說出我
所見所聞的一半，我知道人們不會相信。」

　　這句說話最近經常在我的腦海裡。我不是自詡古代偉人，
也遠遠沒有這個資格，但自覺能理解他的感受。很遺憾地，一
本幾萬字的書，真的很難道出我 12 年來在韓國的所見所聞，其
實三分一經歷也未寫到。如果大家有興趣的話，可以到我的面
書留言。我喜歡文字，希望能繼續書寫關於韓國的大小事。

　　「我知道人們不會相信」，因為每個人對事物的承受能力和
感知也不盡相同，所以世界才充滿著不同聲音。但追求真理，
還是需要靠自己親身感受，在質疑當中找出最適合自己的路。
而屬於我的路，始於香港，途經韓國，終點尚未可知。只知由
始至終，世事沒有什麼是不可能的（笑）。

阿妙

2024 年 4 月 15 日

韓國原來如此地獄?!

在地香港三寶媽的生存手記

作者：阿妙

出版人：卓煒琳

編輯：Cherry Chan

美術設計：Winny Kwok

出版：好年華生活百貨有限公司

地址：香港九龍彌敦道 721-725 號華比銀行大廈 501 室

查詢：gytradinggroup@gmail.com

發行：一代匯集

地址：香港旺角龍駒企業大廈 10 樓 B&D 室

查詢：2783 8102

國際書號：978-988-76520-7-6

出版日期：2024 年 5 月

定價：$110 港元

Printed in Hong Kong

Good Year Publisher

作者簡介

阿妙

八十後香港人，香港浸會大學畢業，修畢韓國仁荷大學語學堂韓語課程，韓國工作假期參與者。

從事飲食及副刊記者多年，曾為爽報、美食旅客、U magazine 專欄作者，移居韓國並取得韓國籍，現為全職主婦兼三姐弟之母，同時經營 Facebook 專頁「阿妙韓國食記」和 Youtube Channel「阿妙韓國日常」。

▶ 阿妙韓國食記　　f 阿妙韓國日常　　@korean.miu